LA CABEZA EN EL CIELO, LOS PIES EN LA TIERRA

DOMINGO V. COLLAZO

authorHOUSE®

AuthorHouse™
1663 Liberty Drive
Bloomington, IN 47403
www.authorhouse.com
Phone: 1-800-839-8640

First published by AuthorHouse 7/7/2009

ISBN: 978-1-4389-4646-7 (sc)

Library of Congress Control Number: 2008912217

Printed in the United States of America
Bloomington, Indiana

This book is printed on acid-free paper.

Ya se han escrito todas las buenas máximas
Sólo falta ponerlas en práctica.

_Blaise Pascal

*La manifestación más grande
que existe en el Universo es el amor.
Esa energía no se ve, pero
se expresa con obras. La energía creadora
no se ve, pero se presenta a través de la naturaleza,
de los astros, de las galaxias,
y si seguimos ahondando más,
podemos decir que todo lo cubre un
manto de energía invisible.*

Heinrich Hertz abrió el camino a la telegrafía sin hilos, defendiendo la tesis de las ondas que llevan su nombre: hertzianas.

Si solamente se hubiera dedicado a exponer su teoría de ese descubrimiento, sin materializarla, muchos se hubiesen manifestado escépticos.

Pero él mismo construyó su oscilador, que produjo ondas electromagnéticas, y demostró que eran de la misma naturaleza que la luz.

Se hizo necesario dar pruebas tangibles de su descubrimiento.

Nosotros los seres humanos creemos en lo visible, porque vivimos en un mundo donde lo observamos todo con nuestros ojos. Pero también creemos en cosas que no se ven y son reales, como la energía, el pensamiento, la inspiración y la visualización.

¿Cuándo creemos más?

En el momento que se presenta materialmente lo que hemos pedido, lo que hemos visualizado.

Prólogo

Constantemente estamos pensando, nuestra mente no cesa de pensar. Si estamos comiendo, estamos pensando, cuando nos bañamos, pensamos, desde que abrimos los ojos en las mañanas, comenzamos a pensar, pensamos y pensamos a toda hora. Inclusive algunos científicos tienen la teoría que durmiendo también pensamos, de cierta forma.

Cuando tenemos un problema, pensamos como resolverlo, esperamos una solución que proceda de nuestra mente. Cuando tenemos un proyecto, esperamos que surja una idea de nuestra mente también. En cualquier caso creamos el auto diálogo, o sea, hablamos con nosotros mismos buscando una solución a un problema o dándole forma a una idea.

Algunos dicen, "recibí una respuesta de mi subconsciente", otros dicen, "sentí una vocecita interna que me dio la idea, o que me ayudó a tomar una decisión". Otros dicen," cuando estaba meditando, sentí como si alguien me hablara, y me dictara lo que tenía que hacer para triunfar".

Llámale el nombre que tú quieras, como te haga sentir más cómodo; vocecita interior, subconsciente, poder de la mente, ser interno u otro nombre que quieras darle. Pero lo cierto es que todas las respuestas, las ideas y las decisiones, sean correctas o no, vienen de nuestro interior.

Lo que se va a relatar en estas páginas muestra como al personaje central de esta historia se le revela un método que al ponerlo en práctica le da paso a un cambio en las distintas facetas de su vida.

.

Se añade a ese nombrado método, la unión de tiempo y lugar, para estar en el sitio apropiado en el momento adecuado.

Adjunto va también un sistema para encontrar a la verdadera pareja.

Además, algo que nunca habías leído ni escuchado: EL RECICLAJE DE LA ENERGIA SEXUAL, un conocimiento provechoso para todas las edades: treinta, cuarenta, cincuenta, sesenta, y más...

Este libro pretende ayudar a millones de seres humanos que viven hoy en día con la necesidad de conocer estos métodos también. No importa que tú pienses o dudes si fue su ser interno quien lo ayudó, lo importante es que si te llenas de amor, con positivismo y seguridad, tú también te vas a beneficiar, ya sea en lo económico, en lo referente a la salud, en encontrar y conocer a tu pareja, o quizás a mejorar las relaciones con la que ya tienes.

Envolviendo a estos útiles métodos, hay una bonita y romántica historia. La emocionante trayectoria del personaje que atravesó momentos de dudas en el amor, zozobras en su economía, problemas en su salud, y posteriormente...

No, no voy a contar más, llénate de paciencia, lee y medita, disfruta y regocíjate en esta lectura. Si ya lo tienes todo, pues ayuda a alguien para que también participe de las cosas buenas que da la vida.

PRIMERA PARTE

Llegó al aeropuerto Fiumicino, en Roma, un hombre procedente de Madrid. Poco después, se encaminaba hacia la estación del tren. Era bien fácil orientarse allí, pero además tenía las instrucciones para moverse del aeropuerto a dicha estación. Las leyó brevemente, y siguiendo las señales, sin tener que preguntar, buscó un lugar donde acomodarse.

Sólo tuvo que esperar unos minutos. Subió con su equipaje y recorrió con la mirada el vagón, buscando dónde sentarse. Afortunadamente, quedaban algunos asientos.

Llegó a la parada correspondiente. Estaba bastante cerca de la casa de un primo que lo esperaba.

Aunque tenía poco dinero, decidió tomar un taxi, porque el equipaje más el cansancio del viaje, no le permitió otra alternativa.

Le mostró al chofer la dirección escrita en un pedazo de papel y le pidió de favor que le permitiera bajarse dos calles antes de llegar. El conductor del vehículo asintió con la cabeza en señal de acuerdo y preguntó:

- ¿Usted quiere que lo espere a que camine esas dos calles?

- No, sólo deseo caminar. Si usted me puede esperar, en la dirección que yo le mostré, por favor, dígamelo.

– Sí, por supuesto allí estaré esperando hasta que usted llegue.

El chofer no entendía bien, pero continuó su recorrido después que el señor se bajó.

El señor se llamaba Nimov, era alto, de cabellos negros y muy abundantes, apenas se notaban algunas canas en las sienes.

Se podía observar que había descuidado un poco su figura porque ya estaba ligeramente sobresaliendo su vientre. Pero era bien parecido, tenía un rostro varonil y una mirada profunda.

El motivo por el cual se bajó para caminar dos calles fue, que desde niño, con apenas doce años, había salido de Italia para España, y hoy quería respirar el olor de esa ciudad, sentir el contraste del ruido de los vehículos, las motos, los ómnibus, con la paz que se experimenta por el silencio y el hablar en voz baja de la ciudad del Vaticano.

Caminaba despacio, observando los letreros, no se leía "Heladeria" sino "Gelateria" no se oía hasta luego, volvía a escuchar después de casi veinte años, arrivederci..., ciao.....

Quería impregnarse de la magia de la ciudad, por instantes se detenía, sonreía a alguien que pasaba a su lado y saludaba cortezmente.

Observó con discreción a una pareja que se besaba en la acera por donde él transitaba, y entraron a comprar helados. Se entusiasmó con ellos y entró también a pedir uno, no importaba que sabor elejiría, se dejo arrastrar por el instinto. Miró a la pareja y ésta le sonrió también.

Estaba tan emocionado que se olvidaba por momentos de la nostalgia que llevaba consigo. Para él todos estaban contentos, felices de vivir en esa ciudad y se había contagiado con la magia que allí se experimentaba. Él también quiso sentirse de esa manera.

Todo esto lo conmovió, llenándolo de melancolía a pesar que había aceptado a España como su segunda patria, no podía negar que extrañaba a su país, la bella Italia.

Cuando llegó a la segunda calle, después de experimentar esta combinación de sentimientos, giró a la derecha y allí a unos metros, se encontraba el chofer esperando, que quizás continuaba pensando "sigo sin entender".

Le dio las gracias al señor, tomó su equipaje y ahí comenzó todo esto.

Nimov había llegado a Roma a visitar a Flavio, un sobrino por parte de su mamá, con quien se había reencontrado en Madrid hacía algunos años cuando Nimov vivía en España. El no conocía a ninguna otra persona en Roma, ni aún en Milan, su ciudad natal, porque cuando tenía doce años se marchó a Madrid junto con sus padres ya que al papá se le presentaron buenos negocios en esa ciudad.

Su padre era un comerciante que habia nacido en Rusia y se había establecido en Italia, al casarse con una bella muchacha italiana, la cual seria posteriormente la madre de Nimov. El hecho de tener un padre ruso y una madre italiana le permitio a Nimov dominar los idiomas ruso e italiano, además del español.

Parado frente a la puerta principal del edificio donde vivía su primo, se detuvo unos instantes antes de tocar el botón del intercomunicador:

Recordó brevemente episodios de su vida, las altas y bajas en su economía cuando comenzó como dueño de una pequeña tienda de ropa, y como fue creciendo su negocio, hasta llegar a tener una cadena de varias tiendas.

Recordaba también como los negocios y el exceso de dedicación al trabajo lo condujeron a aislarse de todo, olvidando la importancia del balance en la vida. De disfrutar y administrar el dinero de forma adecuada. Se

15

sentía en aquel entonces poderoso, altivo e incapaz de ser humilde, a pesar que tenía buen corazón.

Toda esta situación de frialdad, llamémosle así, lo llevó a buscar momentos pasajeros en su vida sentimental, referente al amor, aunque había instantes en los que se daba cuenta que necesitaba una pareja a quien amar para vivir realmente feliz, al lograr mantener ese equilibrio emocional, tan necesario en la vidad del hombre.

Recordaba cuando por coincidencia se reencontró con su primo en España y como a pesar de que no lo veía desde niño, logro reconocerlo desde que lo escuchó hablar:

Sucedió que una tarde pasaba Flavio frente a una de las tiendas de ropa de la cual Nimov era dueño. Su primo había llegado a Madrid en busca de nuevas oportunidades para mejorar su vida financiera al parecer.

Por casualidad Flavio entró a la tienda preguntando por una dirección, se acercó a Nimov y le mostró un papel donde tenía escrito el nombre de la calle y unas instrucciones, cuando él escuchó ese acento italiano de aquel que había entrado a la tienda, sintió algo familiar y miró sostenidamente al rostro del joven e hizo una pregunta:

-¿Eres de Italia?

— Sí, respondió Flavio de inmediato, y prosiguió: Nací en Milán, una bellísima ciudad y viví allá hasta los ocho años, después me trasladé con mi familia a Roma donde he vivido todo este tiempo.

Una sonrisa se plasmó en el rostro de Nimov, que mirando al hombre exclamó:

-Tú eres mi primo Flavio. Te reconocí al escucharte. Aunque han pasado algunos años, te recordé a pesar de que

eras un niño cuando dejé de verte, pero tu personalidad y el
aire familiar sobresalieron siempre.
- ¿Entonces, tú eres Nimov?
- Si, efectivamente, soy yo.
Se dieron un abrazo, y comenzaron a tener una extensa
conversación. Al concluir, Nimov exclamó:
- Si estás buscando empleo, aquí lo tienes, si necesitas
apartamento y comida también te la brindo, ya todo está
dicho...

------- ------ ------- ------- ---------

De nuevo la vida trajo a Nimov a esta ciudad, al país donde había nacido, pero en esta ocasión, a pedir ayuda, a comenzar, a experimentar, a intentar salir de la tristeza que embargaba su espíritu.

De pronto se dio cuenta de que llevaba rato parado delante del portón principal del complejo de apartamentos y con temor, con inseguridad, sin ánimos, se decidió a apretar el botón del intercomunicador.

El primo le contestó y escuchó que era Nimov el que estaba en el portón y de inmediato le respondió con alegría, sin tanto asombro, porque esperaba su llegada, había recibido una carta en días anteriores comunicándole esta visita.

Cuando llegó al apartamento localizado en el cuarto piso, golpeó con poca fuerza la puerta. Al abrir, Flavio dijo:

- Entra, has llegado a tu casa, no te quedes ahí parado.

De inmediato Nimov adelantó unos pasos y se enfrentó a su primo, se abrazaron y éste exclamó:

-¡Qué bueno que hayas venido!

Nimov por su parte, se había quedado sin palabras, sintiendo una mezcla de agradecimiento, tristeza y emoción, por lo que no pudo evitar que se le humedecieran los ojos. Pensaba, a pesar que su primo continuaba hablando: ¿Cómo era posible que hacía menos de cinco años él se encontraba tan poderoso económicamente que hubiera podido darle empleo a su primo, casa y comida, y ahora sólo tenía una pequeña cantidad de dinero en el bolsillo para sustentarse unos días?

Instantes después se sentaron, Flavio se mostraba contento por ese encuentro. Al igual que su primo era alto y apuesto pero al parecer cuidaba mejor de su físico . Su mirada era algo triste, y detrás de su sonrisa se notaba una expresión melancólica.

Sin ponerse de pie, Flavio llamó en voz alta:

-Constanza, acércate para que conozcas a mi primo.

De inmediato apareció ella, quien saludó muy afectuosamente, con una encantadora sonrisa, lo que causó gran impacto en Nimov, que con gran discreción como si nada hubiese experimentado disimuló su emoción porque suponía que ella sería la novia o la esposa de su primo.

No sabía él qué decir para iniciar un tema de conversación, se había quedado impresionado por la presencia y el encanto de esa mujer. Flavio rompió el silencio y dijo:

- Bueno, dentro de un momento vamos a pasar a la mesa, ahora vamos a festejar este encuentro, o mejor dicho este reencuentro y lo haremos con esta botella de vino que tenía reservada para una ocasión especial.

Decía esto mirando a Nimov y observando que era difícil que éste desplegara una sonrisa, sólo lo hacía a medias y esto confundía a Flavio.

Los tres entre brindis y conversaciones, disfrutaban de la exquisita cena que ella había preparado y así transcurrieron varias horas.

La reunión era amena pero entendieron que el recién llegado necesitaba descansar por el agotamiento del viaje, por eso permitieron que Nimov acomodara su equipaje y se dispusiera a dormir en un sofá cama que le habían acomodado en la sala, él sabía que era provisional, y que tendría que alquilar un lugar a la mayor brevedad posible.

Quedó dormido de inmediato, a las dos horas despertó, ya entrada la madrugada. La razón era que padecía de insomnio, y por otra parte, un pensamiento no se apartaba de su mente.

Había notado algo extraño en la relación de ellos. Constantemente se preguntaba y se respondía al mismo tiempo ¿Estarán disgustados?... Además, ¿Por qué si hay dos habitaciones, no me ofrecieron una? Esa era otra pregunta que se hacía. No sabía si dormían en habitaciones separadas o en la misma, y entre tanta confusión momentos después quedó rendido.

Más tarde despertó nuevamente y trató de conciliar el sueño, pero lo vino a lograr casi al amanecer y hasta ese momento no llegó a conclusión alguna respecto a la pareja.

Se levantó, arregló el sofá cama y se dispuso a pasar al baño para asearse y vestirse. Había escuchado algún movimiento de alguien caminando y un abrir y cerrar de puertas. No supo si era él o ella. Después se dio cuenta que había sido su primo, que salía del baño y éste le dijo:

-Prepárate si es que no estás listo aún.

- Sí, ya terminé- dijo Nimov.

- Pues bien - expresó Flavio - vamos a desayunar a un café que se encuentra bien cerca de aquí, ¿te parece acertado?

– Sí, como no, estoy con mucho apetito – dijo, y se sonrió.

Llegaron en unos minutos al lugar y en medio del desayuno Flavio le comunicó algo muy importante a Nimov:

- Te tengo una sorpresa, primo.

-¿Cuál? - preguntó sorprendido.

- Desde hace unos días, al saber de tu llegada, localicé un pequeño apartamento en una zona algo céntrica y lo alquilé. En realidad es bien pequeño pero es provisional, hasta que te encamines, y sé que será así – y le dio dos palmadas en el hombro.

- Te has quedado sorprendido -dijo Flavio sonriendo. - Sé lo que estás pensando, pero no te preocupes, porque el alquiler ya está pagado por este mes y por el siguiente.

Nimov permaneció en silencio, no sabía que decir.

- Pero hay algo más para tu asombro, te tengo otra sorpresa - dijo Flavio.

- ¿Cuál? – preguntó Nimov ansioso por saber.

– Hablé en un restaurante, yo conozco al dueño y tenemos amistad. Me dijo que en estos momentos te podía ofrecer un empleo. Al menos acéptalo como una opción provisional hasta que encuentres otro trabajo que te agrade más.

Continuaban hablando y el primo le informó de otra novedad más:

- Quiero que vengas a casa todos los días a almorzar o a comer, según tu turno de trabajo. Necesitas ahorrar lo más que puedas. Yo casi siempre llego tarde, pero Constanza sí se pasa la mayor parte del día en el apartamento y te puede atender con mucho gusto en lo que necesites.

Nimov estaba muy conmovido, no encontraba palabras para agradecerle a su primo todo lo que estaba haciendo por él. Pero, continuaba con la duda, acerca de la relación entre Flavio y Constanza. No quería ser indiscreto pero sí deseaba conocer la verdad acerca de la pareja, aunque desviaba este pensamiento.

Aprovechó Nimov la conversación para comentarle sobre su vida en España. Comenzó explicándole lo bien que le fue durante un tiempo y como había comenzado con una tienda de ropa y con gran esfuerzo y dedicación, había abierto la segunda, la tercera, y hasta llegar a la cuarta. Después de una breve pausa y respirar profundamente continuó diciendo:

-No descansaba, no salía a distraerme, tampoco viajaba para disfrutar, sólo trabajaba día y noche.

Precisamente por eso - dijo con cierto lamento - ya estaba tan absorto en el negocio que hice una mala inversión.

Se me presentó la oportunidad de comprar un edificio comercial, no muy alto, pero que me costó mucho dinero, y antes de un año ya estaba perdida toda la inversión. Tuve que vender tres tiendas para poder pagar la deuda.

- De ahí en lo adelante, la tristeza y la culpabilidad se apoderaron de mí hasta que perdí la única tienda que me quedaba, aquella donde nos reencontramos.

Nunca quise pedir dinero a algún amigo y mucho menos a mis padres. Primero porque no lo creía justo, la culpa fue mía. Segundo, porque en el estado de ánimo que quedé, hubiera perdido el dinero nuevamente.

Ya sabes el resto, aquí estoy para comenzar nuevamente y triunfar por mis propios esfuerzos..

Continuaron conversando un rato más. Nimov se encontraba inquieto, no se sentía cómodo con la situación en la que estaba ahora, pidiendo ayuda. Pensaba que sólo unos años atrás tenía una situación monetaria abundante, eso le seguía martillando en su cerebro. Por eso dijo:

- Yo creo que si estás listo, primo, podemos ir a instalarme y a conocer el lugar del empleo – expresó Nimov con una voz poco enérgica.

- Me parece bien - respondió Flavio-. Así que pongámonos en marcha. Y con una sonrisa para estimular a Nimov, agregó: - ¡Que se inicie tu nueva vida en Roma!.

Sin saberlo, Flavio había dicho algo que sí era real, y eso sería la nueva vida, positiva y fructífera que le esperaba a Nimov.

Salieron del lugar, y cuando caminaban hacia donde se encontraba aparcado el automóvil, Nimov no pudo aguantar más la curiosidad.

-¿Hace mucho tiempo que Constanza es tu pareja? – preguntó con cierta sonrisa, deseoso de escuchar una respuesta negativa.

Pero Flavio, también sonriente, contestó:

- No, ella no es mi pareja, es la hermana de la que fue mi esposa.

- ¿La que fue, dijiste?

- Sí, porque por un infortunio, murió hace seis meses en un accidente automovilístico- .Habló con voz apagada y un reflejo de tristeza transmutó su rostro.

Continuó explicando los motivos por los que su ex cuñada estaba viviendo en su apartamento:

- Ella llegó hace sólo una semana y está esperando que venga su hija de siete años. Según pude saber, el padre de la niña decidió otorgarle el cuidado total, hasta ese punto es lo que sé-. Ya ella está buscando un apartamento en este vecindario para trasladarse.

No quería tocar este tema, pero ya que surgió, quiero decirte algo antes de cambiar de conversación:

- Mi esposa era mi vida, yo la amaba y todavía me siento herido y mientras no cicatrice eso, no podré abrir mi corazón a otra mujer, porque aún siento ese amor. Te puedo decir que fue un lamentable suceso. Cuando me enteré del choque automovilístico en el que perdió la vida, deseé morir yo también.

Nimov, le puso la mano en el hombro y dijo:

- De corazón, lo siento mucho.

Flavio no quiso hablar más del tema, apurando el paso para llegar al automóvil y continuar las gestiones que faltaban por hacer.

Permanecieron los dos en silencio durante el trayecto del viaje. Se sentía un ambiente de más unión entre ellos por todo lo que habían conversado.

Antes de llegar al apartamento donde iba a vivir, el primo llevó a Nimov al restaurante para presentarle al dueño con el propósito de llegar a un acuerdo de horario y salario.

Estuvieron allí muy poco tiempo, después de conocer todo lo concerniente al empleo, querían ir a la habitación para que él acomodara su ropa y pudiera caminar por la zona.

Cuando llegaron Flavio le dijo:

- No es gran cosa, pero para comenzar, ya tienes donde pasar tus noches.

- Gracias mi primo, te agradezco mucho todo lo que has hecho – expresó emocionado.

Con un fuerte abrazo se despidieron.

Después de quedarse solo, observó a su alrededor. Muy inquieto estaba se sentaba en la cama, se paraba, repitió la misma acción varias veces, después abrió la puerta y salió a caminar, para respirar el aire fresco de la noche.

Varias horas transcurrieron, comenzaba a anochecer y como a Nimov se le dificultaba conciliar el sueño tomó de una pequeña mesita de noche un cuaderno con hojas blancas sin rayas que había colocado allí para dibujar. Casi siempre sus muestras eran casas, tenía grandes aptitudes como artista, además había terminado la carrera de arquitectura.

Trabajó en esa rama sólo por un año y después abandonó su profesión para dedicarse por completo al negocio de tiendas de ropa.

A altas horas de la noche se quedó dormido. Así llegó la primera noche que durmió en ese pequeño espacio, en donde se sentía extraño pero a la vez conforme.

¡Qué ajeno estaba él de saber que en ese lugar empezaría a recibir conocimientos de gran magnitud, conocimientos que traerían un cambio extraordinario en todos los aspectos de su vida!

Amaneció, la mañana estaba hermosa. Era lunes y el dueño del restaurante le había dicho que se presentara el martes a las seis de la tarde. Decidió dar un paseo y caminar por los alrededores para familiarizarse más con el área.

También, siguiendo las instrucciones de su primo que le había brindado la oportunidad de comer en su apartamento todas las tardes o ir a la hora del mediodía, según el horario del trabajo, decidió llamar a Constanza para comunicarle que iría, que quizás llegaría en un par de horas.

- Muy bien - se escuchó al otro lado del teléfono una voz agradable. – Te estaré esperando.

Averiguó cual autobús sería el más indicado para ir a casa de su primo.

A su llegada al portón, se dio cuenta que se encontraba por segunda vez frente al botón del intercomunicador.

Pero esta vez no se formulaba las mismas preguntas que sólo dos días atrás se había hecho, tampoco estaba indeciso en presionar el botón. Hoy Nimov quería ver de nuevo a la mujer que le impactó con su presencia, con su voz y con su perfume seductor, y a la vez con una mirada fascinante.

Cuando Constanza abrió la puerta, lo saludó muy cariñosa. El lo hizo de igual manera. Al entrar preguntó:

- ¿Dónde está mi primo?

– No ha llegado aún - respondió ella con tono suave y delicado, mirándolo-. En muchas ocasiones llega tarde, otras llega y no prueba bocado alguno porque ya ha comido.

- Entonces, ¿nos sentamos nosotros? –hizo él la pregunta pausadamente.

– Sí, ya yo tengo la comida lista.

Se sentaron y nuevamente estaba frente a ella, bella, encantadora con una sonrisa radiante y una mirada interrogante que creaba una incógnita que invitaba a descubrir.

La cabellera sedosa por debajo de la nuca y se movía con facilidad. Buena moza, bonito cuerpo. Todo eso fue lo que cautivó a Nimov desde la primera vez que la vio.

Ahora en su mirada había sentido la expresión que él también le atraía a ella.

Nimov se sentía algo incómodo. Ni siquiera pudo traer una botella de vino o algunas flores para ella que tan amablemente se dispuso a atenderlo. "Si apenas tengo para el pasaje del autobús", pensó en silencio. Iba a tener que dejar su orgullo a un lado y pedirle un pequeño préstamo a su primo.

Comenzó la cena después de tomar un par de copas de vino y brindar por todas las cosas que se les ocurrió en ese momento.

Conversaron ligeramente acerca de sus vidas, hicieron bromas, intercambiaron opiniones sobre temas generales y ambos se sintieron comodos en la charla. Pero él, sin perder tiempo, no dejaba pasar la oportunidad para elogiar los encantos de la joven. Ella, a su vez no ocultaba que él le agradaba de gran manera. Todas esos buenos momentos hicieron de ese primer encuentro algo muy placentero.

Al menos esta reunión le proporcionó a él momentos de alegría que hacía mucho tiempo no experimentaba

Repitió Nimov la visita durante varios días, pero en lugar de volver por las tardes, llegaba al mediodía, ya que había comenzado a trabajar a partir de las seis de la tarde en adelante hasta un poco más de la medianoche.

Un miércoles, podía decirse cualquier día de la semana, pero no, todo tiene su orden y su por qué, por eso aquí comenzó esta parte de la historia con este día específico.

Esa misma mañana había llegado Nimov en horas tempranas a casa de su primo. Constanza le había pedido que necesitaba ayuda para cambiarse de apartamento porque había encontrado uno cerca de donde vivía Flavio.

Alquilaron un vehículo para transportar la mudada,

se movieron algo de prisa con el traslado de muebles, ropas y algunos adornos como cuadros y figuras de cerámica.

Demoraron en todo esto apenas dos horas por tratarse que era bien cerca entre un sitio y otro, además, era poco lo que había que trasladar.

Observaron como había quedado el apartamento y planearon para otro día hacer unos cambios en la ubicación de los muebles que ya estaban ahí, más otros que ella quería comprar.

Nimov miró el reloj y dijo:

— Aunque es temprano, debo marcharme, porque tengo que hacer unas compras antes de ir al trabajo.

- Quédate un rato más — dijo ella en un tono alagador…

Diciendo esto lentamente se acercó besándolo con suavidad en la mejilla, de manera que pareció como si una leve brisa de mar se hubiese convertido en labios.

Sintió emoción y atracción, por lo que no pudo evitar besarla en la boca apasionadamente.

Se abrazaron y se dijeron frases muy bonitas y hermosas.

– Hace días que quería hacer esto - dijo ella con voz suave y sensual.

–Yo también lo deseaba, pero no encontraba la ocasión para decírtelo.

- Fue nuestro primer beso - exclamó ella.

- Sí, recordaré siempre este momento tan especial.

Continuaron con las caricias y los besos, que cada vez fueron más apasionados por unos momentos.

Después de unos instantes él dijo:

- Debo retirarme - expresó con lamento- .No quiero retrasarme. Mañana sin falta nos veremos de nuevo.

Tomó sus bellas manos y las besó en señal de despedida.

– Sí, por supuesto, te estaré esperando-dijo ella con una voz muy suave, sin dejar de mirarlo

Cuando llegó abajo alzó su mirada para verla en el balcón y se despidió haciendo un gesto con su mano.

Llegó a la parada de autobús, al momento que éste llegaba casi a la par. – Si demoro unos minutos más lo pierdo - exclamó para sí.

En el trayecto pensaba: En realidad no estoy animado a establecer una relación amorosa en estos momentos, pero no puedo ocultar que ella me gusta y me atrae de gran manera.

No me voy a preocupar por esta situación, los días y los acontecimientos venideros me dirán lo que debo hacer.

SEGUNDA PARTE

Esto va a ser un ejemplo para mostrar que cuando pedimos, meditamos y creemos, sin lugar a dudas llega lo que hemos solicitado.

Siempre se presenta algo para dar oportunidad a lo que debe ocurrir, a veces hasta suceden incidentes, que por circunstancias adversas en esos momentos no nos damos cuenta y pensamos sólo en lo terrible que ha ocurrido.

Pero no es igual en todas las situaciones, porque hay momentos que se transforman en propicios, quizás conocimos a alguien que cambió favorablemente nuestras vidas o un suceso que nos condujo a encontrar algo que buscábamos...

Ese mismo miércoles en la tarde llegó Nimov al sitio donde tenía que hacer unas compras de víveres y después de realizar esas tareas, lo llevó todo a su apartamento. Tenía prisa, cuando salió de allí, casi iba corriendo a la parada del autobús.

Unos metros antes de llegar al restaurante donde trabajaba pensaba en una excusa aunque aún faltaban un par de minutos para comenzar, pero a él le gustaba estar listo con su ropa de trabajo a la hora exacta y todavía faltaba hacer esto.

A pesar que hacía pocos días había empezado a trabajar en ese lugar, ya se estaba adaptando. Le agradaba mucho porque estaba bien decorado en su interior, afuera había muchas mesas con sombrillas de colores, algunas rojas otras verdes, lo que permitía destacar lo agradable y atractivo del local.

Su trabajo era de ayudante de cocina y como era tan disciplinado y cumplidor, se ganaba día a día la simpatía y credibilidad de los empleados.

Entrando al lugar se encontró con el dueño y para su sorpresa, éste le comunicó:

– Hubo una rotura en una tubería – expresó haciendo un gesto de preocupación- .Siento mucho que hayas venido innecesariamente. No tenía como avisarte, hoy no trabajaremos.

El fontanero que está aquí reparando esta avería me comunicó que quizás la reparación demore hasta mañana al mediodía.

- Lo siento mucho- dijo Nimov. - Mañana lo llamaré antes de venir, así sabré como está todo.

– Muy bien, nuevamente te digo, que siento que hayas venido.

– No se preocupe, señor, son cosas que suceden que no está en nuestras manos evitarlas

Diciendo esto, dio la vuelta y se retiró. Prefirió caminar hasta llegar a su pequeño recinto, que quedaba a sólo tres kilómetros de distancia. Se ahorraría el costo del pasaje y al mismo tiempo, conocería los alrededores un poco más.

A veces los hechos suceden y no ocurren por casualidad. Este incidente hizo que él regresara a su diminuto lugar donde ya había pasado algunas noches que se habían transformado en interminables. Todo esto debido a su estado emocional, que unas veces le provocaba depresión, desasosiego, y desesperación.

Ese miércoles al atardecer sintió más que nunca antes la necesidad de meditar. Lo había intentando en días anteriores, pero hoy era algo especial, y ni él mismo imaginaba lo que iba a acontecer.

Desde joven tenía la costumbre de meditar. Adquirió estos conocimientos de sus padres, que practicaban la meditación y creían que a través de ésta se materializaban las cosas que uno visualizaba. De ellos él aprendió muchísimas cosas de este campo.

Se estaba sintiendo emocionado y alegre. Hacía mucho tiempo que no experimentaba esta sensación. Inexplicablemente, la tristeza se había apartado de su corazón en ese momento, no sabía a que se debía, pero la respuesta no se hizo esperar.

Comenzó a escuchar esa vocecita interna que acude a nosotros en muchos momentos, unos la llaman nuestro "yo", otros le dan distintos nombres, pero lo importante es que partiendo de esa comunicación, de esa voz interna, es que tomamos una decisión que cambia nuestra vida.

Ese miércoles, esa voz desde el interior dijo una frase que sería inolvidable para él:

Tu vida va a cambiar.

Poco después de una pausa de varios segundos continuó:

De manera sorprendente y en todos los aspectos. Vas a encontrar a tu pareja, a través de un método que nunca antes habías leído ni escuchado, un método efectivo y seguro.

Al escuchar esto se sintió confundido, y se preguntó:

-¿Qué me está pasando? ¿Será que tantas preocupaciones y desasosiego han hecho que oiga una voz?

De inmediato escuchó una respuesta para su tranquilidad:

No te turbes, eso que te está ocurriendo a ti, también le sucede a muchas personas, pero a veces con distintas manifestaciones. Sí, todo aquél que medita va hacia su interior y recibe respuestas en diferentes formas, unos a través de sueños, otros con situaciones inesperadas, y de muchas maneras más.

Volvió a hacer una pausa de unos segundos para que Nimov pudiera asimilar esta situación que acontecía.

Prosiguió diciendo, con voz amorosa y pausada:

En el interior de cada ser humano habitan todos los conocimientos, porque ese lugar está en conexión con La Inteligencia Universal. Hoy tú estás recibiendo esto directamente tal como los demás, pero en forma de voz interna.

Estas palabras lo calmaron. Volvió a relajarse para seguir escuchando.

Eso sí, presta atención a esto: todo tiene que ser en orden, al igual que los eslabones de una cadena todo irá conectado. Tendrás que prepararte para estar listo a cambiar en todas las esferas de tu vida. A partir de hoy, tienes que estabilizarte emocionalmente y sosegarte para poder asimilar todas las instrucciones que vas a recibir.

*Todavía falta un tiempo y un proceso de cambio para encontrar a tu pareja. No estás listo aún. Necesitas antes de eso varias cosas que son muy importantes para todos los que están en la situación que estás tú. Repito, todavía debes mejorar tu situación económica, hacerla abundante. De tal magnitud que te hagas rico nuevamente, pero esta vez estable, de una forma que no volverás ir al **piso**. Antes de tu situación económica, tu estado emocional, tu estabilidad interna, ésa va a ser tu primera meta a cumplir. Lo demás irá llegando según sigas las instrucciones. Habrás de conocer lo que es la abundancia, ¿sabes qué es la abundancia?*

– Sí – contestó Nimov. - La abundancia es tener mucho dinero y muchos bienes materiales, incluyendo casas, mansiones.

No, Nimov. Eso es parte de la abundancia, pero no es todo - se dejó escuchar esa voz firme y suave al mismo tiempo.

Vas a ser exitoso, próspero y abundante en todos los aspectos de tu vida. Si tienes dinero y escasa salud, no eres abundante ni próspero ni exitoso. Si tienes dinero y careces de humildad, no eres próspero ni abundante. Si no eres feliz con tu pareja, tampoco eres exitoso.

Lo que necesitas es destruir tus vestimentas viejas y colocar unas nuevas. Eso lo vas a aprender de manera fácil y organizada y, para tu asombro, te digo ahora que en muy poco tiempo el cambio tan extraordinario que va a ocurrir en ti, será como si hubieses nacido de nuevo

Continuaba Nimov relajado, prestando suma atención. No oía los ruidos que se escuchaban afuera ni los coches ni las motos, ni los ómnibus. En fin, estaba completamente mirando a su interior, observando detrás de sus párpados, escuchando, sí, escuchando, pero no una voz exterior; ahora sólo escuchaba a su ser interno con los oídos de su mente y su corazón.

Después de una breve pausa recibió la primera orientación:

Jueves

Mañana será jueves; éste y todos los siguientes habrás de dedicarlos a hacer un auto examen para comprobar cómo ha ido avanzando tu crecimiento interno y la comunicación y la armonía espiritual con tu "Yo". Esto te irá ayudando de manera tan positiva que irás aprendiendo a olvidarte del pasado y a eliminar la culpabilidad que sientes por los errores cometidos en una época que ya pasó. Por lo tanto, no existe y quizás sólo sirve como experiencia, y después borrarlo todo con nuevas acciones positivas.

Pero para hacer esto es necesario adquirir el conocimiento para actuar de una manera distinta y eficaz. Sé que lo vas a lograr siguiendo esto día a día.

Algo de lo que también debes impregnarte es que no debes agobiarte por lo que habrá de suceder en el futuro. Vas a aprender a disfrutar el día a día. Vas a ir entendiendo que todo tiene que venir porque la marcha del tiempo es inexorable. Por lo tanto, cuando hayas crecido internamente lo suficiente, habrán de venir las demás cosas a tu vida, te repito, todo en orden.

Debes prepararte para destruir los malos hábitos y crear fértiles surcos para la nueva semilla. Continuar día a día con esta práctica de meditación para que sigas descubriendo el tesoro más grande que existe, el que la gran mayoría busca constantemente afuera y no lo busca en un lugar que no está escondido, un lugar que se ve cuando cierras tus ojos: detrás de tus párpados.

Por eso, la principal meta tuya será ser un mejor ser humano, para ayudarte a ti mismo primero, después a los demás, expandiendo tus conocimientos.

Todo lo bueno y lo que has deseado, te va a ocurrir; en muchas ocasiones te asombrarás, quizás pienses que fue casualidad, pero no habrá de suceder por casualidad, sino porque te lo has ganado y el programa tenía que cumplirse.

Era necesario que hoy miércoles ya hayas recibido estas instrucciones y mañana jueves será el primer día que vas a comenzar a efectuar el cambio; tú pon el esfuerzo, el deseo y cumple con el programa a seguir, de lo demás el Ulniverso se encarga, no te preocupes.

Hubo un silencio total después de esas últimas palabras. Fue necesario para que Nimov, relajado completamente, pudiera ir asimilando estas nuevas cosas.

Todo esto debía grabarlo bien en su memoria, pero aún así, estas primeras instrucciones que comenzaba a recibir aunque eran acerca del cambio de actitud, tendría que reflexionar mucho y posteriormente hacer algunas anotaciones.

De la manera que se le estaba explicando era bien sencillo, parecía como si alguien le estuviera aconsejando con mucho cariño.

Después de esa pausa continuó esa comunicación.

Tu estado de ánimo es muy importante para atraer lo bueno que deseas a tu vida. Este estado de ánimo debe ser constantemente alegre, debes mantenerte contento, no permitas que la tristeza se apodere de ti, ten seguridad en el cambio que se efectúa poco a poco y unido a esa certeza que tiene que crecer día a día, está la paciencia. Hasta ahora no la has tenido y sin esa arma es imposible lograr las tareas que se te irán presentando para tu crecimiento. Y te digo, sin ella no adelantas porque no caminas en armonía con las Leyes del Universo.

Observa como todo ocurre cuando tiene que ocurrir. Mira las flores, salen en su estación, el sol, la luna, todo a su debido tiempo, ése es el mejor ejemplo de orden y paciencia que nos da la naturaleza.

Paciencia, para lograr sanar las heridas que tienes por dentro, al igual que tu maravilloso sistema de sanación tiene paciencia cuando tienes una herida en tu cuerpo, sana a su debido tiempo.

La capacidad de soportar, la facultad de saber esperar y contenerse se llama paciencia. Cultívala día a día, habrás de ver como vas a evitar muchos errores en tu vida y como vas a lograr éxito en muchas situaciones importantes en tu porvenir.

Con tu estado de ánimo alegre y con paciencia, vas a crear un muro tan fuerte que soportará cosas que ahora serían imposibles.

A medida que vayas creciendo y armonizándote, hará que aumente en ti la capacidad de amor y compasión hacia los demás. Evita el criticar a algún ser humano, recuerda que cada cual actúa de acuerdo a sus conocimientos.

No discutas cuando alguien plantee diferentes ideas a las tuyas, porque con eso se crea una competencia. Competir con otro ser humano es perder, aunque ganes, pierdes. La competencia debe ser contigo mismo, superándote para llegar a ser cada día una mejor persona.

El aumentar esa energía de amor llenará muchos vacíos que hay en ti, haciendo crecer la humildad, ésta es una rama del amor. De esta manera te preparas para cuando vuelvas a ser fuerte financieramente. No olvides que un hombre cuando se hace rico, si pierde la humildad, se convierte en pobre aunque siga teniendo mucho dinero.

Hoy sólo has recibido algunos consejos para tu crecimiento interno, para que comiences a crear bases para las otras esferas de tu vida. Esto es de suma importancia, ya que con estabilidad emocional puedes lograr todas las metas que te propongas. Por eso es fundamental que cada jueves hagas una revisión de cómo ha ido tu progreso.

En lo adelante, conocerás cómo trabajar en otros aspecto, que son de gran valor. Será una tarea en la que tienes que poner tu empeño y dedicación. Por eso, para que esto esté bien organizado y al mismo tiempo resulte placentero, es que vas a dedicar cada día de la semana a revisar a través de la meditación como estás progresando, como estás cumpliendo con cada tarea.

Todo lo que vas a ir conociendo es imprescindible; hoy sólo has aprendido que tienes que chequear cada jueves, y en realidad sólo son unas instrucciones; el diario vivir, junto con tus meditaciones diarias, te irán indicando más conocimientos. Según conozcas las instrucciones siguientes, unas las revisarás los viernes, otras los domingos, así como los lunes, martes y miércoles, y así sucesivamente.

Por lo tanto, cada día de la semana tú mismo harás un autoanálisis de cada aspecto de tu vida. Tú mismo observarás los fallos, los errores; tú mismo aumentarás tareas, según vayas incorporando más conocimientos. Con este método habrás de maravillarte aún más cuando conozcas sobre tu salud, tu apariencia física, tu economía, tu pareja. Todavía ni siquiera puedes imaginar la inmensidad de cosas buenas que vas a conocer.

Cada jueves, trae a tu memoria todos los acontecimientos que te han ocurrido durante la semana, dónde has actuado con amor y humildad y dónde no lo has hecho; no para angustiarte, sino para cambiar con una nueva actitud.

Vas a destacarte con tu nueva forma de ser, porque el amor y la maestría con la que irás actuando cada día, atraerá hacia ti personas que necesitan de afecto y consejos.

De manera indescriptible terminó ese primer encuentro, el cual dejó a Nimov lleno de felicidad, rebozado de esperanza. Se decía a sí mismo: "Si esto es sólo el principio, qué maravilla será lo que me espera". Así, entre pensamiento y pensamiento quedó dormido feliz y placentero durante toda la noche. Hacía tiempo que no lograba ese descanso nocturno.

¿Cómo iba a pensar él que una rotura de una tubería, ese accidente que fue desfavorable, tanto para el dueño como para él, iba a darle esa oportunidad tan maravillosa de recibir tantos conocimientos? Lo desafortunado se convirtió en algo afortunado para Nimov, porque sentía que había comenzado el cambio de su vida. Un cambio en todos los aspectos.

Eso que había acontecido esa noche marcaba el inicio a las respuestas de sus meditaciones, donde visualizaba muchas cosas, sin orden, por supuesto, porque no tenía el conocimiento ni la paciencia; pero ya estaba en el camino que lo iba a conducir a obtener todo lo que añoraba.

Con la continuación de los días, él se daría cuenta del valor y la eficacia de este método, que comenzaba a conocer, no solamente por todo lo que iría aprendiendo sino también por la forma tan organizada de este procedimiento.

Esa noche había recibido las primeras instrucciones, y algo que ni se hubiera imaginado, como era usar un día de la semana para observar cómo había cumplido con lo aprendido; o sea, él mismo sería el que se calificaría por su actitud y a la vez libremente podría añadir o ampliar lo que creyera provechoso.

Los conocimientos que se van a exponer en las próximas páginas son de verdaderos valores, no tan sólo por el orden en que se irán relatando, sino también por la conexión que hay entre ellos, lo que da a este método una apreciación excelente.

Por eso cuando él se da cuenta de la coherencia y conexión que hay entre todos los aspectos, aprende que todo lo que tiene que llegar a su vida estará llegando en orden.

Ahora comenzaría a pedir y esperar que todo llegue paso a paso. Ya había adelantado algo; continuando con paciencia seguiría visualizando, recibiendo lo que debía llegar en su momento.

Hoy Nimov se comparaba con una casa cuando se comienza a construir. Primero las bases, después las paredes, el techo y antes de terminar, los retoques de decoración.

Él también, al igual que una casa, tenía que formar sus bases, después en orden llegaría todo lo que fuera necesario.

Posiblemente si el siguiera avanzando todo llegaría en conexión, en orden.

Tal vez porque ya comenzó a razonar como visualizar y materializar todas las cosas que deseaba obtener.

A la mañana siguiente, Nimov amaneció distinto. Se levantó bien descansado y con más energía. Hoy sentía que el comienzo del cambio en su vida se había puesto en marcha. Ya tenías las primeras tareas por realizar.

El mismo no podía imaginar todo lo que faltaba por acontecer. El sosiego y la paz que comenzó a experimentar lo habrían de preparar para las tareas que vendrían en los siguientes días. Por primera vez en largos meses su rostro se notaba diferente, el reflejo de cierto toque de alegría se destacaba.

Como se había levantado algo tarde, la mañana estaba muy avanzada, se aproximaba la hora del mediodía, por lo que se dio cuenta que ya no le quedaba tiempo para visitar a Constanza. No podía negar que la extrañaba hoy aún más después de haber vivido momentos tan excitantes y felices que pasó ayer con ella.

Decidió llamar, pero recordó que ya ella estaba en su nuevo apartamento y no tenía teléfono, ni siquiera uno móvil. Por lo tanto no le quedó más remedio que esperar; quizás ella lo llamaría al trabajo, pensó...

Si hubiese ocurrido esto en otro momento, Nimov se hubiese inquietado y hasta quizás hubiera tomado un ómnibus solamente por ver a Constanza un par de minutos, aunque se hubiese regresado al instante. Pero en su mente ya estaba la disposición de cambiar, de crecer, de ser mejor, por eso actuó, de una manera sabia, obediente y paciente.

Tal como lo pensó ocurrió. Ella le llamó al trabajo, pero sabía que debía ser breve. Después de saludar y decirse palabras de cariño y frases alagadoras, le comunicó que la niña de ella le había escrito una cartita la cual tomó del apartamento de Flavio, cuando fue a buscar su correspondencia, porque aún no había cambiado su dirección en el correo. En la misiva le comunicaba que llegaría el lunes próximo. Como sabía que no podía extenderse en la coversación, se despidieron y él le dijo que a la mañana siguiente podrían verse.

Esa noche cuando Nimov llegó a su apartamento, comenzó a hacerse varias preguntas: "¿Debo seguir alimentando la relación?" Se respondía a sí mismo: "No voy a tomar decisión alguna. Permitiré que el transcurrir de los días me conceda una respuesta. Mi tarea principal es otra en estos momentos". Sin darse cuenta, entre un pensamiento y otro, se durmió plácidamente.

Pasó al mediodía a visitar a Constanza, sería unos instantes, no quería causarle molestias teniendo que prepararle comida. Por eso le comunicó:

-De ahora en lo adelante comeré sin costo alguno en el lugar donde trabajo. El dueño del restaurante me lo ofreció, lo que tendré que llegar una hora antes de comenzar mis labores- dijo esto mirando al rostro de ella como temeroso de un desagrado porque conocía de sus variantes en el carácter.

Ella, en esta ocasión fue compresiva y propuso:

- Un día a la semana al menos comeremos juntos – dijo sonriente.

- Claro que sí, contestó él.

Nimov no podía ocultar la atracción que sentía hacia ella. Le gustaba su cuerpo, su forma de caminar, su sonrisa. "No sé hasta cuándo pueda aguantar", pensaba en silencio. Al mismo tiempo, se respondía: "Debo tener paciencia y esperar antes de involucrarme más". Continuaron hablando por un rato, y no faltaron besos ni caricias, pero Nimov se controló para seguir esperando unos días más.Pensó que dando más tiempo la situación entre los dos se aclararía de una u otra forma.

Antes de marcharse, Constanza le mostró una llave del apartamento y otra del portón de la entrada.

- Ya hice copias y dejé una extra guardada - dijo ella- .Al mismo tiempo que extendió su mano y se las entregó.

Él quedó algo sorprendido. No quería rechazar el gesto de ella, pero quedó pensativo.

-Gracias... ¿Estás segura? – preguntó con voz entrecortada.

- Sí, totalmente segura. Puedes venir y entrar a la hora que quieras, no tienes que avisar tu llegada.

Prosiguieron conversando un rato más acerca de sus vidas. Se despidieron con un beso profundo y apasionado. Pocos momentos más tardes él tomaba el autobús para trasladarse a su lugar de empleo. Esta vez llegó dos horas antes. El dueño del negocio al verlo le dijo:

- ¡Qué bueno que hayas llegado tan temprano hoy!

- Sí, es que vine a comer – dijo Nimov, sonriendo puso su mano en el estómago, como en señal que estaba hambriento.

- Muy bien. Si quieres, cuando comas puedes comenzar a trabajar y así te vas temprano. dijo esto esperando una respuesta. Nimov ya iba a hablar, cuando él lo interrumpió y dijo:

- Además, recuerda que tienes varias horas acumuladas y me dijiste que las tomarías en cuanto las necesites. Expresó esto con un gesto en sus hombros.

- Formidable – dijo Nimov. – Hoy mismo voy a usarlas...

Esto fue una situación favorable ya que llegaría descansado a su apartamento. Sabía que le faltaba conocer muchas cosas más. Claro, él no imaginaba los conocimientos tan inusitados que estaba por recibir acerca de su salud, su economía y la verdadera pareja; revelaciones que nunca antes hubiera pensado serían posibles. Métodos que forman la unión de lo tangible con lo intangible.

Otra importante noche

Llegó más descansado a su casa porque había trabajado dos horas menos, tomó un baño, y al poco rato empezó a leer un libro que había adquirido esa misma tarde. Unos minutos después, lo cerró y comenzó a meditar.

Sólo unos instantes transcurrieron, cuando:

Nuevamente escuchó esa voz del interior, esta vez con comunicaciones nuevas, vitales para su desarrollo en otros aspectos necesarios de su vida. Esa noche surgió con estas palabras:

Te darás cuenta del pequeño pero importante cambio que se ha efectuado en tu vida. Eso es sólo el principio y como escuchaste en otra ocasión, te repito, todo va en conexión, tu estado emocional, tu crecimiento interno, tu salud, tu economía y tu pareja. No te preocupes si ella, es o no, tu pareja (refiriéndose a Constanza). *Tu conocimiento será el que te ayudará a decidirlo. Cuando llegue el momento habrás de aprender qué debes hacer para encontrar tu pareja. Hoy, no es el día de que determines si es ella o no.*

Ahora presta atención, que vas a conocer algo muy importante para tu vida, así que vas a añadir otro conocimiento más y otro día de la semana donde vas a auto examinarte, para ver como está tu progreso en este aspecto que te voy a instruir:

Viernes

El próximo viernes y los siguientes, tendrás otra tarea, otra recopilación del trabajo que habrás de estar realizando a diario en lo que se refiere a la salud. Harás de ese día específico todo un recorrido a través de tu mente para tú mismo juzgar como has seguido día a día con estas indicaciones referente a tu salud.

Como ves, todo continúa ligado a una conexión. Si tu estado emocional y mental están más relajados, tu estado físico mejorará paso a paso. Dormir ya comenzó a acerse más placentero y cada día será aún mejor. De manera que ha llegado el momento que conozcas un método que te ayudará extraordinariamente a mantener tu cuerpo en excelentes condiciones:

Esto constará de tres partes. La primera será mental totalmente y las otras dos, físicas.

Continuó explicando de esta forma:

Todas las mañanas al abrir los ojos, en cuanto te incorpores, siéntate en tu cama y comienza desde esos primeros instantes al despertar a dedicarlos a amarte a ti mismo. Recuerda que el amor hacia tu persona es tan importante como amar a los demás. Si no te amas, no puedes amar a alguien más.

Nimov permanecía en silencio archivando en su mente palabra por palabra, aunque sabía que podía preguntar en cualquier momento algo que no entendiera, por lo que continuaba escuchando.

Cuando estés sentado en tu cama, toma una respiración profunda y suave, escucha como entra el aire en tus pulmones y siente el masaje que se crea con esa función. De la misma manera suave y lentamente deja ir ese aire y comienza a ir a tu interior. Emprende a recorrer tu cuerpo mentalmente por dentro, visualizando cada órgano. No te preocupes de la forma que tengan, aunque nunca los hayas visto, visualízalos y dales la posición, el color y la forma con tu mente.

Nimov se sentía que flotaba en el aire. Eso se debía a lo bien que se encontraba. Estaba lleno de energías positivas y de paz. Era indescriptible el bienestar que experimentaba en ese momento.

Una vez que estés dentro, comienza a darle energía a cada órgano, energía sanadora, de salud. Cubre cada célula de tu cuerpo con esta energía, ponte en contacto con ellas. Esa energía vivificadora revive las células.

Vas a sentir el cambio en ti, día a día irás eliminando cualquier padecimiento. Has de crear un laxante mental para purificar tus intestinos y puedas realizar tu función diaria de evacuación y liberar así toxinas en el organismo.

De igual manera, tu colon se irá limpiando cuando pases ese purificador mental por esa zona, lo que evitará los pólipos y otras impurezas que dañan esa región.

Continúa mirando tus arterias, lo saludable que están y observa el recorrido de la sangre a través de ellas. .

Tus riñones hacen sus funciones muy bien porque visualizas que están filtrando de forma adecuada y trabajando correctamente.

Recorre tu vista por el hígado, continúa por tu estómago, llenándolos de potencia para que sigan en excelente funciones..

Tus pulmones, visualízalos para que trabajen en perfectas condiciones.

No dejes zonas u órganos que quieras purificar. Y para finalizar este recorrido por tu interior, visualiza todo tu cuerpo por dentro desde la cabeza a los pies llenándolos con una energía purificadora.

Además de todo esto, no tan sólo recorrerás adentro, para tu sorpresa, es muy importante también recorrer tu cuerpo por fuera, y lo harás de la siguiente manera:

Sin abrir los ojos, visualizarás tu exterior. Comieza por los cabellos, viéndolos sanos y fuertes. Hay muchas personas que apenas tienen canas y están entradas en años, por eso no te asombre que con este método tu cabello se mantendrá abundante, sano y con muy pocas zonas blancas, y las que llegues a tener, te harán parecer interesante.

Continúa observando tu cuerpo por fuera mentalmente. Observa tus ojos; ya los viste por dentro llenándolos de energías, evitando enfermedades de cataratas, glaucoma y otras. Ahora obsérvalos y dales energías por fuera, recorre los párpados y debajo de los ojos evita esas bolsas que se forman y te hacen parecer de más edad.

Sigue por la nariz. Mira lo saludable que está ahora, libre de afecciones.

Tu boca, transita por tus dientes. Recorre todo tu cuerpo desde la cabeza a los pies, desde tus cabellos a tus uñas. En fin, todo.

Esto con seguridad hará que se manifieste en ti una proyección favorable en tu mirada, y en tu sonrisa se manifestará salud y alegria.

Tu apariencia juvenil se irá destacando cada día más. Tu edad cronológica se irá escondiendo, por lo tanto llenarás de asombro a los que te rodean.

Después de todo, cuando salgas de la meditación y abras tus ojos, y te encamines hacia el lugar donde se encuentra el cuarto de baño, lávate las manos y sécatelas muy bien, pero antes de lavarte la cara y cepillar los dientes, haz esto:

Frota tus manos secas por unos segundos y pásalas por tu frente, friccionándola; continúa por tus mejillas, tu mentón y por debajo del mismo . Sigue por un par de minutos. Luego continúa con tu higiene como de costumbre.

Cuando termines, ve afuera y haz al menos tres respiraciones lentas y profundas, alza tus brazos y abre tus manos con las palmas hacia la luz solar. Esa energía en la mañana es algo vivificante y energizante de gran manera.

Ahora escucha:

Según estás conociendo estas cosas, piensa en tu figura; no estás en la mejor forma.

Nimov escuchaba y movía su cabeza como estando de acuerdo con esta declaración, y al mismo tiempo, se preguntaba como iba a hacer para resolver esto.

Casi al momento llegó la respuesta :

Este método consta de tres partes. La primera ya la has conocido. Ahora es importante que conozcas la segunda y tercera, porque sirve de muy poco si elaboras un trabajo mental sin la realización práctica. Sería como hacer un bonito plano y un maravilloso dibujo que proyecta una casa, y después los que la construyen no usan buenos materiales ni siguen las instrucciones. Entonces la casa se derrumba.

Por lo tanto, vas a darle apoyo a todo lo que concierne a la visualización, con lo siguiente:

Haz una lista de los alimentos que debes comer a diario.

¿ Cómo puedo saber cuáles son? – preguntó Nimov, que por primera vez hacía una pregunta, porque estaba tan atento que no se le escapaba ninguna orientación. Además, sabía que toda esa comunicación permanecía en su subconsciente y la solicitaría en cualquier momento, durante la meditación.

Su pregunta tuvo una respuesta al instante:

Es fácil. A diario, a través de los medios de comunicación, libros, revistas, publican recetas y consejos sobre nutrición. Pues bien, lo que tienes que hacer cada vez que encuentres uno de ellos, es hacer una meditación y seguramente vas a obtener una respuesta. Además, todos los conocimientos reales están dentro de ti. Por eso el deseo de hacer lo mejor que hay en ti en cuanto llegues a tu interior se abrirá una puerta dándote la solución.

Por lo tanto es importante que pongas esta segunda parte en práctica junto con la anterior, porque si ya visualizaste todos tus órganos también es primordial que les des a ellos y a tu cuerpo la alimentación adecuada, alejándote de lo que pudiera ser nocivo y adquiriendo lo saludable mediante el balance adecuado de vitaminas, minerales, proteínas y todo lo que en realidad necesita tu organismo.

Nimov sintió el deseo de salir de su estado de relajación profunda, para escribir unas notas, reflexionar y tomar un vaso con agua, porque estaba sediento.

En los momentos que escribía cosas de importancia, le venía a su memoria la figura de su papá, lo bien que se conservaba. También recordaba como cuidaba su alimentación, y realizaba ejercicios cotidianamente. En una ocasión que él lo visitó pudo apreciar como su padre estaba sudado y agitado porque terminaba su entrenamiento corporal.

Recordaba también que un día le preguntó:

-¿Por qué no te animas y me haces compañía, hijo?

En aquella ocasión él sólo sonrió y después le dio una excusa.

Hoy Nimov se daba cuenta que su papá tenía razón porque él había olvidado por completo practicar ejercicios y alimentarse adecuadamente era importante.

Momentos más tarde volvió a relajarse física y mentalmente para entrar en un nivel profundo de meditación y continuar recibiendo las enseñanzas que faltaban.

Por lo que volvió a escuchar:

Prosigamos a la tercera parte:

Consiste en un sistema de ejercicios físicos; de igual manera, une los consejos profesionales con tus ideas. Esto te hará mejorar porque oirás lo que tu cuerpo necesita, junto con las indicaciones de expertos.

Te voy a incluir esta orientación:

Debes poner en práctica en todo momento, si estás sentado o parado, mantenerte erguido. De esta forma tu cuerpo se mantiene en armonía con la gravedad de la tierra.

También es bueno mantener un vientre plano porque uno pronunciado te desestabiliza y provoca el desequilibrio de tu columna.

Por lo tanto, para que tus energías circulen armoniosamente y estés de acuerdo con la gravedad de la tierra, debes tener un vientre lo más plano posible y mantenerte erguido..

Fortalece los músculos abdominales y elimina la grasa en esa zona fundamentalmente.

Con el fortalecimiento de los músculos abdominales evitas que al levantar algún peso desde el suelo hacia ti, o colocarlo en algún sitio, te pueda producir dolores en la parte baja de la espalda, porque al estar débiles los músculos del abdomen, se recargan en esa zona de abajo.

Muchas veces has escuchado a personas quejarse de dolor donde termina la columna al nivel de los riñones. Los ves con las manos puestas en esa zona. Si les preguntas como tienen su zona abdominal, te contestarán que muy flácida y grasosa.

Por lo tanto, te repito, practica cualquier ejercicio donde trabajen los músculos de esa zona abdominal. Hay muchísimos, ve buscando el que tú sientas que te ayude más. Lo importante es hacerlo e ir aumentando las repeticiones, poco a poco, hasta que compruebes que la talla de tu cintura ha bajado hasta una medida adecuada.

Los brazos son zonas donde también debes mantener ligereza, evitando acumulación de grasa, porque unos brazos pesados te agotan más de lo normal, ya que ellos los estás usando constantemente. Si multiplicas las libras que te sobran en los brazos por los movimientos que tienes que hacer con ellos diariamente, te asombraría ver que las energías que desperdicias son muchas.

Poco a poco vas a comprender la unión que existe entre tu cuerpo y tu mente.

Al entender esto aumentará más en ti la seguridad para continuar con esta tarea. También esta confianza adquirida hará crecer la eficacia de este método, y a medida que vayas notando los resultados tan positivos te sentirás con más deseos de alcanzar tus metas.

Esta misma conexión entre tu mente y tu cuerpo te ayudará a no aceptar enfermedades, inclusive aquellas que les *llaman epidemias, otras llamadas de estación, como cuando escuchas que llegó la época de la gripe o del catarro, o el virus tal o más cual, estarás lleno de salud física y mental.*

Habrás de escuchar frases como éstas: Tengo un catarro muy fuerte, hay muchas personas con este malestar, yo me contagié.

Quizás hasta alguno te pregunte:

¿Tú no contraes catarro?

Responderás con alegría:

Estoy muy saludable siempre.

Todo esto que vas impregnando en ti lo unes a la energía del amor y esta mezcla habrá de crear barreras gigantes contra la negatividad y al mismo tiempo se crean fuerzas positivas potentes para lograr cualquier objetivo en tu vida.

De un modo muy fácil aprenderás todo lo que falta. Tu desarrollo económicoy estable . También vas a aprender ejercicios para encontrar a tu pareja, y muchas cosas más que son de vital importancia en tu vida.

Por eso es tan práctico y maravilloso este método con el cual cada día de la semana tú mismo te harás un examen para diagnosticar como vas adelantando, porque se te acumularán tareas diarias y para lograr el éxito en este sistema es necesario auto examinarse.

Quisiera decir muchas palabras - dijo Nimov. Primero, porque estoy emocionado por todo lo que estoy aprendiendo y también por lo agradecido que estoy por estar conociendo tantas cosas importantes para mi vida.

Con estas nuevas orientaciones respecto a su estado físico interno y externo había adquirido importantes conocimientos para su desarrollo corporal.

Al amanecer, recordó que esa tarde llegaría la hija de Constanza, así que decidió ir de inmediato. Además, no podía negar que deseaba estar a solas con ella, aprovechando que tenía las llaves del apartamento se motivó aún más.

Recibió ella gran alegría al verlo y de inmediato dijo muy emocionada:

-Que gran sorpresa verte tan temprano, no lo esperaba

.

No pudo contenerse, lo abrazó y él por su parte con ansias comenzó a besarla intensamente.

Pocos instantes después , estaban en la habitación, saciando mutuamente su sed.

Un largo espacio de tiempo estuvieron viviendo esos ardientes y excitantes momentos. Ella se mostró como una mujer verdaderamente capaz de complacer a un hombre sexualmente más de lo que él pudo imaginarse.

Nimov había sentido que hubo acoplamiento sexual, no le cupo duda de eso, pero se dio cuenta que faltó algo, que ni él mismo pudo saber.

-Quizás sería porque fue la primera vez-.Dudaba en silencio.Pero no lo demostró y supo evitar que ella se diera cuenta de lo que le ocurría.

Continuaron acostados en la cama abrazados y acariciándose, así estuvieron por un largo rato, pudieron tener oportunidad para contarse muchas cosas que no se habían dicho antes, tal vez, porque no habían tenido momentos tan íntimos

Más tarde Constanza propuso preparar algo de comer. En lo que ella hacía esta labor ,él pensaba y se preguntaba -¿por qué es que ella a veces era tan dulce y otras veces se enojaba con tanta facilidad.?- Al mismo tiempo se respondía: -Debo conocerla mejor.

Un par de horas posteriormente, llegó la niña con su papá, éste no se demoró mucho tiempo en el apartamento, y antes de marcharse le dio a Constanza varias instrucciones acerca de la niña.

Nimov sintió de inmediato simpatía por la pequeña y ella a su vez también lo demostró.

Casi al atardecer él se despidió y prometió que temprano en la mañana vendría para dar un paseo y mostrarle a la pequeña de ocho años donde iba estudiar.

Al día siguiente estaba temprano en el apartamento de Constanza para cumplir con todo lo acordado referente a la escuela de la nena. Después almorzaron juntos por primera vez los tres.

Al regresar al apartamento, tuvo que despedirse muy pronto porque se aproximaba la hora de comenzar a trabajar.

Nuevamente, llegó al restaurante y en esta ocasión, el dueño lo elogió por su puntualidad y por ser muy disciplinado en sus labores.

Aquellos elogios eran bien merecidos, porque Nimov se esforzaba cada vez más no sólo como trabajador sino como una persona excepcional y eso lo comentaban todos en ese lugar.

Esa noche después de su jornada de labor regresó a su pequeño, y diminuto apartamento sintiéndose mucho más contento y animado .Ya todos notaban el cambio que se estaba efectuando en su persona.

Como de costumbre, antes de dormir o meditar, tomó su cuaderno de hojas blancas y comenzó a dibujar pero en esa ocasión, lo hizo por muy poco tiempo porque estaba sintiendo la necesidad de su meditación.

En cuanto alcanzó su nivel profundo de relajación, recibió esta nueva orientación:

Nimov, que regocijado y feliz te estás sintiendo, y es sólo el comienzo de los primeros pasos, lo que está por acontecer es mucho más grandioso de lo que te imaginas.

El próximo día,   que vas a realizar un auto-examen será el domingo...

Te has quedado confundido, porque piensas que es el sábado, pero no, porque ése es el único día que no vas a examinar oómo has actuado, cuando llegue el momento vas a entender y como todo tiene que ser en el tiempo apropiado es necesario   pasar al siguiente día.

Domingo

Si hay algo de lo que debes llenarte y rebozarte diariamente es de agradecimiento, y cada domingo lo utilizarás para hacer un recuento mental de todo lo que debes agradecer y desde que abras tus ojos, junto con tu primera respiración profunda, da gracias, por el magnífico día que tuviste ayer. Sin cesar y antes de lavarte la cara, gracias, y de ahí en lo adelante, gracias. Cualquier hecho que llegue a tu mente, gracias.

Gracias porque te estás sintiendo más feliz, por los adelantos que estás obteniendo. Sales a la calle, y das gracias mirando al cielo, si hay sol, si el día está nublado y lluvioso, obsérvalo con belleza. Nunca le llames a un día feo con desaire por estar gris, eso sería censurarr al Universo, todo tiene su parte hermosa y atractiva.

Llenarte de gratitud te cambia la expresión de tu mirada y el semblante de tu rostro. Solamente el que te mire lo notará. También habrán de notar agradecimiento en ti. La mayoría da gracias solamente a la hora de sentarse a la mesa. Los que están en el camino donde tú estás transitando, dan gracias por todo. Cuando este deseo de dar gracias crezca más y más en la humanidad, tendrá que existir más unión entre todos los seres humanos

El amor tiene muchas ramas y el agradecimiento es una de ellas. El que cultiva el amor, cultiva el agradecimiento. Al empleado que barre las calles, dale las gracias. Agradece que tiene las calles limpias. Da gracias a todos los que de una manera u otra ofrecen un servicio.

De esta manera, cuando hagas un repaso, un auto examen cada domingo, podrás notar la diferencia de lo que antes pasabas por alto y lo que ahora sí le prestas atención. Regocíjate en tu adelanto, agradece tu progreso, así día a día tu calidad de ser humano mejorará en la práctica de todo lo que has aprendido unido ahora a tus muestras de gratitud y agradecimiento.

Cada día habrá más y más motivos para dar gracias, cuando te des cuenta de algo que hayas omitido agrégalo. También vendrán a ti momentos que anteriormente quizás te eran insignificantes, pero tu adelanto te habrá de señalar que por simple que sea algo y de poca importancia, siempre hay que retribuir.

Ninguna persona que haya estado el día completo agradeciendo todo y está feliz padece de insomnio. Porque el que se reboza de alegría y reconocimiento posee una paz interna indescriptible y eso le hace que duerma de manera placentera.

"Nimov, ¿has agradecido alguna vez cuando has recibido dinero? – pregunta que dejó pensando a éste unos segundos antes de contestar.

- Para ser sincero, no me recuerdo que lo haya hecho alguna vez – respondió suavemente, casi con lamento.

No te culpes, porque al igual que tú no lo has hecho, tampoco lo hace una gran mayoría. Cuando reciben dinero, bien sea por su labor realizada o por la conclusión de un negocio, sólo toman el dinero y planean qué tienen que hacer con él.

Pues bien, de ahora en adelante, cualquier cantidad de dinero que recibas, sea pequeña o grande, antes de cualquier

plan que vayas a hacer con esa suma de dinero, agradece.
Agradece al universo que te hizo llegar esa energía, no importa
que sea en forma de moneda, papel, cheque, transferencia
directa o de cualquier otra manera, ese agradecimiento te
recompensará repitiendo esa acción.

Estoy refiriéndome al dinero, porque te voy a instruir
con lo relacionado a esto, que es tu desarrollo económico.
Todo para adquirir mucho dinero.

Una energía convertida en papel o moneda de metal se
llama dinero, y como tú eres parte de la energía universal, tú
eres socio de toda la fortuna que existe en el mundo. Por lo
tanto, puedes reclamar el por ciento que te pertenece.

Después de estas palabras Nimov sintió que necesitaba
un breve descanso, muchas cosas se estaban incorporando
en su vida mediante estos conocimientos nuevos para él.
Por lo que salió de su estado de relajación y se incorporó
para ir a tomar agua y dar unos pasos.

Él sabía que todavía algo muy importante iba a
conocer y como ya había errado tanto en su economía
y ahora iba a recibir conocimientos acerca de esto, quiso
tomar un breve descanso, preparar una hoja de papel por
si debía anotar algo.

Una vez más se sintió culpable porque no hizo las
cosas adecuadas para mantener su fortuna, pero de
inmediato le vinieron a su mente las palabras:

No te angusties por el pasado, elimina esos traumas.

Por lo tanto eliminó ese pensamiento de su mente y
comenzó a escribir algunas notas e hizo una reflexión de
lo que había aprendido hasta ahora.

Instantes después volvió a su cama, estaba bien
deseoso de seguir adquiriendo instrucciones para el

desarrollo positivo en su vida, y nuevamente comenzó a relajarse física y mentalmente.

Volvió a escuchar:

Ahora viene un día muy importante, donde vas a revisar todo sobre tu desarrollo económico, y tendrás la oportunidad de aprender a multiplicar tu dinero y ese día es:

Lunes

Cada lunes, revisarás todo lo relacionado a tu economía tus metas, el cumplimiento de éstas, tus errores, tus avances. En fin, ese día la mayor parte de tu meditación la dedicarás a todo lo relacionado con tus finanzas.

Día a día, junto a otras tareas que tienes, irá llegando a ti todo, por lo que se hace necesario que a diario medites. La meditación se debe realizar de manera tan significativa en tu vida como lo es el alimento que ingieres a diario. Más, aún cuando te das cuenta como van adicionándose los conocimientos y las tareas a cumplir en las distintas esferas de la vida, las cuales todas tienen conexión.

Ahora, lo que vas a hacer para lograr tu abundancia económica es:

Unir el mundo visible con lo invisible.

Visualiza el cumplimiento de tus metas y adjunto a esto, dinero que llega a ti . Cuéntalo, pálpalo, recíbelo y créelo. De seguro que lo obtendrás Tú mismo pon cifras, y sin dudar llegará a tus manos.

Todo lo que quieras lo puedes materializar a través del maravilloso proceso de la visualización; integra lo que creas que vas a recibir, lo percibirás, no dudes de eso.

Tú mismo vas a ser ejemplo de esta muestra y precisamente, como está aumentando en ti el deseo de dar, ese mismo conocimiento será el que te brindará la oportunidad para enseñar a otros lo que tú has aprendido.

Te voy a poner un ejemplo para que entiendas que este método une lo intangible con lo tangible, como te dije antes, este sistema por eso es tan eficaz.

"Si visualizas un automóvil de lujo, último modelo, con certeza que llega a ti, de una forma u otra. Pero si no tienes dinero para el combustible, tampoco para pagar el servicio necesario, para el seguro y otras cosas de importancia, pues tienes que venderlo o quizá hasta entregarlo a la agencia de vehículos, en el caso que necesites ese dinero con urgencia. Después, si acaso hubieses recuperado algo de efectivo, se te puede evaporar y para evitar que esto suceda tienes que unir estas otras partes que te voy a explicar:

Además de visualizar que recibes grandes cantidades de esa energía, convertida en moneda, tienes que aplicar reglas para emplear el dinero y utilizarlo eficazmente. Si no lo utilizas de manera apropiada, lo adquieres con una mano y lo devuelves con otra.

Vives aquí en un mundo visible, donde hay leyes y sistemas económicos.

Por lo tanto con el poder de visualizar, materializas, y con estas orientaciones que te voy a dar a conocer, estabilizas los resultados; en otras palabras, cuidas lo que el Universo te otorgó y agradeces el regalo.

Presta atención porque este método es fácil, pero la gran mayoría no lo pone en práctica.

Tu primera deuda es la porción que te tienes que pagar a ti, mediante el ahorro. O sea, vas a comenzar guardando una quinta parte de tus entradas y a medida que se vaya fortaleciendo tu economía, vas ahorrando más, hasta lograr vivir bien y sin escasez con la mitad de tus ingresos.

Debes aprender a administrar tus gastos de manera tan efectiva que irás eliminando lo innecesario, pero aumentarás *otros que irán llegando con el cambio de tu vida. O sea, descubrirás un extraordinario sistema de balance económico.*

Yo sé que estás sacando cuentas y no entiendes...

Nimov interrumpe con una pregunta y una aclaración:

- Mi pregunta es, ¿cómo si mis entradas cubren solo los gastos, de dónde proporciono el dinero para ahorrar?

Recibío una respuesta de inmediato:

Estás en el comienzo del camino. Una parte es visualizar, como ya te dije, la otra es tu esfuerzo personal. Hoy sólo estás trabajando en ese lugar, pero tú tienes capacidades para seguir avanzando, por lo tanto, a través de la meditación, también visualizarás el empleo que quieras, visualiza negocios, oportunidades y por seguro que vendrán.

Entonces une lo espiritual con lo material. En otras palabras, la cabeza en el cielo, los pies en la tierra.

Ahora bien, es importante distribuir esos ahorros en distintas partes, éstos son los siguientes:

Una parte es para utilizarla en viajes de placer, visitar elegantes restaurantes, realizar actividades que para ti resulten placenteras. En fin, no ser una persona que sólo mira como los demás disfrutan; sino convertirte en un invitado al banquete de la vida.

También cuando vayas a una tienda de ropa y te guste una prenda de vestir, cómpratela, no la cambies por otra de menos costo, que no te gusta.

Recuerda, cuando tuviste dinero en una ocasión te olvidabas de disfrutar, te convertiste en un esclavo del trabajo y de la acumulación de bienes materiales, pero no tenías estos conocimientos que estás adquiriendo ahora, y lo perdiste todo.

Tantos conocimientos importantes que estaba recibiendo que Nimov salir de su estado meditativo, fue al baño a refrescar su rostro echándose agua, se secó suavemente la cara, haciendo esto pensaba, que en varias ocasiones vinieron amigos a motivarlo para salir de viaje y eso le parecía absurdo, porque no se sentía bien si dejaba su negocio, a pesar que tenía personas honestas y capacitadas que trabajaban con él y hubieran podido quedarse al frente.

Pero en aquel entonces sólo lo que le interesaba era acumular dinero y poco a poco la tensión adquirida por el trabajo tan intenso más, el mal hábito alimenticio le hicieron perder su porte esbelto, perque no se daba cuenta de la situación.

También debido a la obsesión por seguir enriqueciéndose hizo inversiones fallidas que trajeron por consecuencia la pérdida de lo que invirtió y después los intereses de la deuda ascendieron de tal manera que tuvo que entregar sus propiedades para cumplir con sus deudores.

Después de toda esta reflexión unos minutos más tardes comienzó otra vez a dedicarse a escuchar las enseñanzas que le estaban siendo otorgadas con tanto amor.

Deseoso de continuar adquiriendo conocimientos volvió a su estado meditativo por lo que:

Continuó la explicación, y Nimov sólo movía ligeramente su cabeza de arriba abajo, como aceptando y comprendiendo todo lo que se le explicaba:

Otra parte de esos ahorros la vas a utilizar en inversiones. Ahora bien, cuando vayas a invertir cualquier dinero, siempre medita y espera una respuesta a través de la meditación. No sigas los impulsos, ni actúes por emoción, ni tampoco por la corriente de algo que exista en esos momentos o en esos días. A veces la emoción embarga el conocimiento, por lo que te puede conducir a tomar una acción inapropiada, de la cual te tienes que arrepentir posteriormente.

Otra porción de esas ganancias ahorradas, repártelas a necesitados, bien sea de forma individual o a instituciones que ofrecen servicios a personas pobres o desamparadas.

EL DAR es una acción que emite una energía tan positiva que lo vas a percibir en cuanto empieces con esta actitud.

Con discreción, con amor, con espontaneidad, cultiva el dar. De esa forma esa energía convertida en moneda o billete vuelve a ti, porque circula y regresa aumentada, ya que es una ley establecida del Universo.

Cuando tu pides y te dan lo agradeces, no te limites a sentir esa sensacion. Pero cuando das, la felicidad que experimentas es indescriptible.

Algo significativo que te señalo que a diferencia del método que te estoy enseñando,donde te muestro como se ahorra, se disfruta y se comparte, hay otras personas que se convierten en avariciosas y su principal meta es contar y acumular dinero. Eso se llama miedo, y ese miedo crea angustia, porque sólo viven en el futuro, no disfrutan, no comparten, y tampoco tienen la capacidad de ser prósparos.

Te recuerdo como ya te expliqué en una ocasión: Hay que ser próspero, abundante y exitoso en todo. Con mucho dinero, salud, abundancia espiritual, humildad, calidad de ser humano, abundante en amor para los demás y feliz con tu pareja.

Ya estás en el camino de la abundancia, a través de estos conocimientos y la meditación constante, estás recibiendo las llaves para que abras las puertas que te van a mostrar todo lo que está a tu alcance.

En muchas ocasiones vendrán a tu memoria estas palabras y será en momentos que te ocurran acontecimientos positivos. Situaciones que se van a materializar y aspectos tan favorables que van a suceder en tu vida que te dejarán atónito.

"Ya has adquirido el conocimiento de las tareas que debes hacer a diario y las que debes examinarte tú mismo cada día específico de la semana; sólo quedan tres días.

Otro día significativo lo conocerás en breve, quizás en las próximas semanas, porque es necesario que asimiles todo este conocimiento y por lo que siempre te he dicho, a su debido tiempo.. .

Terminó en esa ocasión el maravilloso momento en que él aprendió cosas totalmente nuevas o quizás las pasaba por alto o las ignoraba.

Tal vez le faltaban otras importantes instrucciones que continuarían dándole un vuelco favorable a su vida.

Momentos tan emocionantes que estaban próximos a ocurrir, que ni él mismo imaginaba, situaciones que podrían parecer casualidades.

Su estado emocional se estaba balanceando, por su paciencia y su deseo de brindarse asimismo la importancia de convertirse en un ser humano mejor en cada momento de su vida.

Su salud comenzaba a mejorar, sobre todo en lo respecto al insomnio, también su cuerpo comenzaría a mejorar porque sin perder tiempo, ya había empezado a hacer ejercicios, también estaba siguiendo las instrucciones de las revistas y magazines referentes a los alimentos adecuados.

Debemos tener seguridad en lo que pedimos y no cuestionar la forma o qué manera llega a nosotros, ese trabajo ya no es nuestro, eso pertenece a la fuente inagotable de riqueza, darlo por seguro que el Universo se encarga de laurear lo que el ser humano se merece.

Una propuesta inesperada

Habían transcurrido seis días, por un simple motivo, llegó Nimov anticipado al trabajo. En los últimos días acudía una hora antes para almorzar en ese mismo lugar, tal y como había acordado con el dueño del restaurante, pero en esta ocasión no era una hora, sino se había adelantado dos. Por lo que llamó la atención del señor al verlo llegar y le preguntó:

- ¿Te has equivocado con la hora o es que has llegado más temprano por alguna razón?

- No, no me he equivocado, una de las razones para llegar más temprano es que hoy no voy a caminar por los alrededores y otra es que preferí terminar de leer este libro aquí sentado – al mismo tiempo que dijo esto levantó su mano y lo mostró.

- Muy bien, pues disfruta de la lectura.

Después de una media hora, cerró el libro, tomó un cuaderno de hojas blancas sin rayas que usaba en diferentes momentos, unas en su apartamento otras mientras viajaba en el ómnibus cuando las circunstancias se lo permitían. En esta ocasión estaba terminando un dibujo que mostraba una mansión preciosa y antes de guardar su hoja llegó Donato, un vendedor de vinos que ya conocía a Nimov porque en otro momento habían conversado, y se fue estableciendo cierta afinidad entre ellos.

En esta ocasión al ver que éste estaba sentado y aún no comenzaba en sus labores, movió una silla, se sentó con el deseo de establecer una conversación y su mirada fue hacia al dibujo de Nimov.

- ¿Esto ha sido una creación tuya? – preguntó sin quitar la vista del papel.

- Sí, yo mismo.

- Yo no sabía que dibujabas tan bien.

- Sí – repitió con más energía- .Yo soy arquitecto, además también estudié técnicas de dibujo,antes de la carrera, porque siempre me gustó dibujar y aunque nunca más me dediqué a mi profesión, he continuado dibujando casas, a veces paisajes, en momentos libres, me gusta muchísimo.

-Nunca había tenido oportunidad de sentarme a hablar contigo, sólo saludarnos y establecer breves diálogos – dijo Donato- .Pero hoy no sé por qué razón, te ví sentado y dije para mí:

-Voy a aprovechar esta oportunidad para conversar un rato con Nimov.

-Sí, yo pensé lo mismo. Cuando te vi llegar, me alegró mucho y tuve la misma idea.

... Entre risas y diálogos algunas veces, continuaron sentados por un buen rato. De esa forma pudieron conocerse mejor y abrir paso para una amistad franca y bonita, ya que Nimov no tenía ningún amigo en esa ciudad y éste parecía ser una buena persona.

Se aproximaba la hora para Nimov empezar en sus labores y como él tenía que almorzar antes de comenzar a trabajar, se puso de pie, se dieron la mano afectuosamente y Donato, que permaneció sentado, dijo:

- Me ha venido a la mente un pensamiento. Precisamente ayer estuve conversando con un gran amigo mío, y entre muchas cosas que estuvimos hablando, al ver este dibujo que has hecho, me surgió una idea.

- ¿Pero qué tiene que ver mi dibujo con lo que conversaron ustedes? – preguntó Nimov con cierta sonrisa y asombro al mismo tiempo.

- Es que precisamente mi amigo me comentó que está comenzando a desarrollar un proyecto de viviendas y en medio de esta conversación me hizo saber que necesitaba con urgencia un dibujante artístico y que también tuviera conocimientos de arquitectura, porque la persona que se iba a ocupar de esta labor tuvo que renunciar por motivos personales.

- Entonces, ¿quieres decir que me estás proponiendo que tendría la oportunidad de conseguir un mejor trabajo con tu amigo?

- Bueno, es posible. Tú eres exactamente la persona con las características que él necesita. Además he podido observar durante las veces que he venido aquí, lo puntual y cumplidor que eres también se que el dueño de este lugar tiene una excelente opinión de ti.

Donato queriendo enfatizar más continuó:

- Estoy seguro que te va a gustar el área donde se va a realizar esto. Se encuentra frente al mar y de acuerdo a la distancia desde aquí, yo creo que pudiera demorar cuatro horas en llegar viajando en automóvil. Así que tú decides.

- Sí, por mi parte acepto – exclamó Nimov con una sonrisa- .Pero lo que necesito es saberlo con tiempo, porque debo comunicarlo aquí, no quiero irme sin previo aviso. Este señor es amigo de mi primo, además estoy muy agradecido por la oportunidad que me ha ofrecido.

- Esta misma tarde voy a hablar con mi amigo, así que espera por mi llamada.

- Gracias, Donato, te agradezco mucho este gesto que has tenido conmigo.

Se dieron un estrechón de manos y cada uno se dispuso a proseguir con lo que tenían que hacer, uno a la cocina, el otro a proponer sus mercancías.

Nimov pasó gran parte de la tarde pensando en la proposición de Donato, muchos pensamientos acudían a su mente. Le ilusionaba la idea que esa entrevista pudiera resultar en algo positivo. Sentía un gran agradecimiento por el trabajo que realizaba ahora pero él sabía que eso era treansitorio. Su espíritu y su deseo por llegar a alcanzar de nuevo en su vida una estabilidad económica fuerte lo mantenía perseverante en su esfuerzo.

No pasaron muchas horas y al atardecer llamó el vendedor de vinos al restaurante para comunicarle a Nimov que el señor del proyecto quería entrevistarlo. Le dio la dirección y algunas orientaciones para que le fuera más fácil llegar a ese lugar.

Nimov respiró aliviado y feliz ya tenía asegurada la entrevista. Otra parte la que dependía de él lo llenaba de incertidumbre.

Muy contento terminó Nimov esa noche y en cuanto llegó a su apartamento se dio a la tarea de organizar los papeles para presentarlos al otro día donde tendría la reunión. En lo que seleccionaba los documentos pensaba y se preguntaba:

-¿Ese señor me dará la oportunidad de emplearme?

-¿Cómo voy a contestar bien a las preguntas, si hace tanto tiempo que no tengo ese tipo de interviú.

Pero a la vez se respondía:

-No debo dudar tengo que llenarme de valor y mantener la serenidad en ese momento para dar las respuestas adecuadas.

Continuó ordenando todo lo que necesitaba y antes de ir a la cama murmuró para sí:

-Bueno, si esto es para mí, bien, si no, estoy seguro que vendrán otras ocasiones iguales o mejores

Al siguiente día, Nimov, puntual como era su costumbre, llegó a la oficina donde se tenía que reunir con el amigo de Donato. De inmediato lo hicieron pasar porque ya esperaban su visita.

Cuando el visitante entra al despacho, la presentación no fue como de costumbre porque cuando se dieron la mano al momento de decir ambos sus nombres primero Nimov y cuando el otro dijo:

- Mi nombre es Luciano – se quedó impresionado -. Seguía mirando el rostro de éste con gran asombro.

- ¿Usted piensa que me conoce, o le recuerdo a alguien? – preguntó el joven como desconcertado.

- No, yo sé que no te conozco, pero me he quedado sorprendido por el extraordinario parecido que tienes con mi hijo.

- ¿Con su hijo?-preguntó Nimov asombrado

- Sí, pero ya no está entre nosotros- .Otro día hablaremos de eso. Hoy, te digo que he sentido una gran alegría al verte. Cuando te enseñe una fotografía de él vas a darte cuenta de lo que te estoy diciendo.

Ahora sentémonos – prosiguióLuciano – .Estoy muy deseoso de conversar contigo.

Me informó mi amigo que tú dibujas muy bien, además eres arquitecto aunque no te dedicas a esta profesión actualmente.

-Sí señor, así es. Aquí le traje unos ejemplos de lo que sé hacer – dijo al tiempo que le entregaba unos bosquejos
.

Luciano al ver los dibujos hizo una expresión de   aprobación con un gesto. Se enfrascaron en una conversación que se tornó muy interesante a nivel profesional.

No cabía dudas que Nimov estaba bien preparado y le causó una buena impresión a ese señor.

...Por un rato más estuvieron conversando. El señor le hizo varias preguntas, Nimov llenó unos papeles y cuando los entregó Luciano dijo:

- Dentro de una semana debemos partir hacia el proyecto para comenzar la construcción de las casas. Te darás cuenta, por tus conocimientos, de lo confortables y bellas que se proyectan en los planos. Has llegado en un momento esencial, ya hablamos de condiciones de la labor que vas a realizar y del dinero que vas a recibir como salario, sólo me falta tu respuesta.

- Por mi parte acepto, cuente conmigo y muchas gracias por darme esta oportunidad y confiar en mí.

El señor se puso de pie y le dio un fuerte abrazo. Se sintió emocionado y antes que se despidieran, dijo:

- Verás que tengo razón, en cuanto mi esposa te vea te darás cuenta de lo que te dije acerca del parecido con mi hijo

Se despidieron y tomaron los acuerdos para verse el día de la partida.

Rebosante de alegría, salió de la oficina del urbanizador, dando gracias y recordando las palabras: *Todo te irá llegando a su debido tiempo, ten paciencia y confía.*

Momentos después, averiguó el ómnibus que debía tomar para ir a ver a Constanza, ya que él siempre tomaba uno desde su apartamento o desde su trabajo, pero esta era una nueva dirección donde había estado por primera vez.

En el viaje del autobús pensaba, hacía planes y también planeaba cómo decírselo a ella. Este lugar estaba a unas horas de Roma, y sabía que quizá no la podría ver en el resto de la semana.

Aún más, era un proyecto en el que debía trabajar con esmero y sin pensar en el tiempo o las horas que debía dedicar.

Continuaba recordando palabras e instrucciones:

Todo va en orden, tu crecimiento espiritual, tu estabilidad emocional, el alimentar tu paciencia, el desarrollo económico, tu salud y tu pareja.

De esta manera se sosegaba y decía para sí: "Yo se lo voy a comunicar y si ella determina terminar esta breve relación que recién ha comenzado, no me opondré, dejaré que ella decida.

La meta más importante que tengo ahora es comenzar con mi desarrollo económico, y esta oportunidad que se me ha presentado es una respuesta a mis meditaciones. Junto con estas metas, debo seguir paralelamente poniendo en práctica todo lo que he aprendido".

"El amor hacia mí mismo es muy importante. Si no me amo , no puedo amar a los demás. Por eso, una forma de gratitud hacia mí es continuar ascendiendo por la escalera que me habrá de conducir al éxito, que viene junta con todas las cosas que necesito.

Me estoy sintiendo cada día más feliz y quiero contagiar a todos con esta felicidad que experimento, desde que abro mis ojos hasta que me voy a dormir. Y sé que esto es el principio, siento que hay muchas cosas buenas esperando por mí".

Llegó contento a casa de la bella mujer y le comunicó las nuevas noticias. Ella se alegró, pero le preguntó:

- ¿Cómo nos vamos a ver de ahora en adelante?

Formuló esta pregunta con una expresión en su rostro de asombro y al mismo tiempo como algo molesta.

Continuó diciendo:

- Ese lugar está a varias horas de distancia de aquí .

- Sí, es cierto – dijo Nimov-. Según me han dicho, si salgo bien temprano en la mañana, pudiera llegar al mediodía.

Notaba que Constanza no estaba en un buen momento. Se le ocurrió darle una solución a este asunto, y comentó:

- Tengo un plan que quiero conversarlo contigo: Una vez por semana puedo venir y permanecer una noche y un día completo. Más adelante, podrías hacerlo tú, o sea, ir un último día de semana de clases con tu hija, ya que voy a tener un apartamento, supongo que sea pequeño, no sé aún, no lo he visto, pero por seguro, bastante adecuado para podernos acomodar un par de días de la semana de vez en cuando. ¿Te parece buena idea?

Constanza permaneció callada por unos instantes y después dijo:

- No nos anticipemos, aceptemos esa idea y con la continuación de los días, pensaremos en otra alternativa.

Decidieron no continuar conversando acerca de este tema porque se había creado una atmósfera de disgusto. Se fueron a almorzar juntos y después de varias horas él se despidió en la entrada y marchó a tomar el ómnibus que lo conduciría a su empleo.

Al llegar al restaurante donde trabajaba saludó afectuosamente al dueño y le preguntó:

- ¿Podemos conversar brevemente?

- Sí, por supuesto, con mucho gusto. Te escucho, sentémonos.

Al tiempo que dijo esto acercó una silla y señaló otra para que Nimov se sentara también.

- Vengo de una entrevista de empleo – comenzó así Nimov la conversación - y me comunicaron que me aceptaban. Comenzaré en pocos días. Pero permítame también hacerle saber que la oportunidad se me presentó sorpresivamente, no he hecho esto a sus espaldas, por eso de inmediato he deseado decírselo.

- ¡Formidable! - exclamó el propietario del local. Tengo que reconocer que pierdo un buen trabajador, pero por otra parte, siento gran alegría al oírte decir esto, te felicito.

- Gracias, muchas gracias, yo sé que usted se alegra de mi progreso.

Después procedió a ofrecerle más detalles de la propuesta que le habían hecho y también a darle una idea de donde estaba el lugar y la labor que él tenía que realizar.

Parecía que el señor quería decir algo, pero Nimov se le adelantó:

- Que corbata tan bonita, usted como siempre las selecciona con gusto – comentó mirando la prenda de vestir y sonriendo.

Ciertamente este caballero estaba bien vestido todo el tiempo, y esta ocasión no era la única que su empleado le elogiaba porque él conocía muy bien acerca de la elegancia. Esa tarde Nimov no se quedó atrás porque venía de un encuentro profesional y destacaba su buena vestimenta también.

- Tú también estás muy elegante – dijo el señor que miraba a su empleado- . Te felicito nuevamente. Dime, ¿tienes tiempo para escucharme unos minutos?

- Claro que sí - dijo con seguridad, sin saber de qué se trataba.

- Te voy a contar como yo me hice dueño de este restaurante para que esta anécdota te sirva como ejemplo y te pueda ayudar en un futuro.

Con palabras calmadas y mirando a los ojos de Nimov comenzó:

- Yo soy cocinero profesional . En una ocasión, me quedé sin empleo. Me sorprendió esta situación porque me ocurrió en momentos en que había incurrido en muchos gastos porque compré un apartamento, planeaba casarme, hasta tenía señalada la fecha del matrimonio.

Después de un breve silencio, continuó:

- A veces acontecen cosas que creemos difíciles, pero todo tiene solución, siempre que pensemos positivamente, y a mí me ocurrió de ese modo porque en lugar de pensar en comprar un boleto para un juego de azar o esperar que alguien tocara a mi puerta con una maleta llena de dinero, comencé a pensar en una solución. No desesperé, adquirí calma y creí en que de una manera u otra llegaría lo que yo estaba deseando.

- ¿ Usted tenía dinero ahorrado para situaciones como ésa? – interrumpió Nimov muy intrigado.

- No, también cometí ese error. Eso me sirvió como enseñanza para que no se repitiera. Pero lo principal de esto que te cuento es la seguridad de saber que vendría una solución, y vino más pronto de lo imaginado, y me convertí en propietario de un restaurante, estoy hablando de otro no precisamente de éste donde estamos ahora.

- ¿Cómo fue esto, sin dinero? – volvió a interrumpir más asombrado en esta ocasión.

- Sí, así mismo ocurrió, y fue que tocó a la puerta de mi casa un amigo no para traerme esa maleta llena de dinero, pero sí para proponerme un negocio en el cual yo pondría mis conocimientos de chef y él la suma de dinero necesaria. O sea, el cincuenta por ciento de las ganancias serían mías, el otro cincuenta para él.

Queriendo ser más explícito continuó su conversación añadiendo:

- Pasaron seis años. En esta ocasión sí ahorré lo suficiente y posteriormente vendí mi parte. Claro, buscando una persona que me sustituyera. Después, con mis ahorros y la porción de ganancias que me correspondió después de la venta, abrí este local donde tú has estado trabajando, e hice lo mismo, yo puse el capital y el otro señor que tú conoces y has estado trabajando con él como ayudante, es el socio del negocio. - ¿Qué te ha parecido lo que acabas de oír?

- Estoy maravillado, en realidad le agradezco que me haya contado todo esto, porque he aprendido algo más.

Ahora me siento como si hubiese estado trabajando en familia.

Después de esta conversación, Nimov se dispuso a cambiarse de ropa para comenzar sus labores. Quizás en cuatro o cinco días más aparecería su sustituto y concluiría su trabajo allí.

Transcurrió la semana, se despidió de Constanza y fue a encontrarse con Luciano para partir juntos hacia el lugar indicado. La esposa de éste no iba con ellos. Él le comentó que ella ya estaba allá encargándose de algunos asuntos.

-Ella es formidable, es mi mano derecha – dijo Luciano.

Por el camino, Nimov a veces se hacía el dormido. viajaba en la parte trasera del coche; delante estaba otro señor que también iba a trabajar con ellos. Cerraba sus ojos, no por evadir participar en las conversaciones, sino por el simple hecho que estaba concentrado pensando en su relación con Constanza. Venía también a su memoria aquella frase que escuchó desde su interior: *Si ella es o no tu pareja, lo sabrás más adelante.*

Continuaba pensando: Tenemos acoplamiento sexual, me atrae físicamente, pero me faltan otras cosas para tener una buena relación con ella.

Sí, Constanza tenía un carácter no compatible con él. Algunos momentos era dulce, pero se transformaba totalmente cuando algo la contrariaba. Además, no la admiraba, había aspectos en su vida que lo desmotivaban.

"Voy a meditar profundamente", dijo para sí. "Estoy seguro que viene una respuesta, y tomaré una decisión inteligente y adecuada".

Faltando poco más de una hora para llegar, decidieron parar para caminar al menos cinco minutos, refrescarse y así aminorar el cansancio del viaje.

Cuando volvieron a poner el vehículo en marcha, Nimov propuso conducir para que el conductor descansara hasta la llegada. Al entrar a los terrenos del proyecto de construcciones de viviendas, salieron varias personas a recibirlos, Entre éstas estaba la esposa de Luciano, y en cuanto se bajaron del automóvil él la abrazó y la besó con mucho cariño. Después procedió a presentar a Nimov a todos los presentes.

Cuando la esposa lo vio, quedó asombrada del parecido con su hijo y exclamó:

- Sí, es cierto lo que me había dicho mi esposo, tienes un extraordinario parecido con nuestro hijo. Emocionada, se apegó a Nimov, lo abrazó y lo besó en sus mejillas.

- Bueno – dijo Luciano – descansaré un rato para asearme y tomar algo. Así que en dos horas nos veremos todos en el salón de conferencias para brindar y darle comienzo oficial a nuestro proyecto.

Al día siguiente comenzaron las labores en el proyecto. La atmósfera de compañerismo y el ambiente en general en aquel lugar eran agradables. Se respiraba una buena energía de relaciones afectivas y de respeto. Colaboraban unos con otros y poco a poco se estaba notando el comienzo de la marcha de esta obra en construcción.

Nimov seguía progresando. Ya en poco más de una semana se sentía mejor con lo que hacía, estaba más seguro y además, cooperaba con otros aspectos; su actitud de coolaboración les agradaba a todos en ese lugar.

Otra Significativa Noche

Continuaba con su práctica diaria de meditación. Sabía que faltaban dos días por conocer para hacerse el auto examen o sea, martes y miércoles, pero su paciencia había aumentado notablemente. Por eso esperaba calmadamente, noche a noche, que llegaran esos conocimientos hacia él.

Así ocurrió ese anochecer, estando instalado en su nuevo apartamento, cuando escuchó:

Nimov, ¿te has dado cuenta del progreso que ha ocurrido en ti? — y sin esperar respuesta, ha sido una pregunta casi como un comentario: *Cada vez que llega el jueves y repasas tu crecimiento interno, tu actitud ante la vida, tu amor hacia los demás, la paciencia que has ido desarrollando, el contenerte cuando ves algo mal hecho por un ser humano y no lo criticas, porque sabes que actúa de acuerdo a su conocimiento, cuando ocurre todo eso sientes que te fortalece.*

También muy importante es cuando cada viernes compruebas la labor que a diario realizas desde que te despiertas con la práctica mental de recorrer el interior de tu cuerpo así como el exterior.Eso merece reconocerse. Además, te felicito porque estás seleccionando los alimentos que ingieres.

De la misma forma, tu postura erguida te ha ayudado a eliminar ciertos dolores en la espalda y a hacer que circule tu energía de manera adecuada. Estás recuperando tu esbeltez, ya casi tienes un vientre plano y tus músculos abdominales están más fortalecidos evitando los dolores en la parte baja de la espalda.

Los domingos sigue chequeando todo lo que agradeces a diario, desde que te levantas. Continúa y no dudes en incluir más motivos para agradecer.

¿Qué te ha parecido el trabajo que revisas pausadamente los lunes, acerca de tu desarrollo económico?

Nimov sólo asentía con su cabeza. Y continuaba diciendo su ser interno:

Esto es sólo el principio. Negocios y oportunidades aún mayores están por venir, al igual que llegó esta oportunidad para ti.

Proseguía él escuchando y estas fueron las orientaciones para uno de los dos días que faltaban:

Martes

Una labor muy importante que tienes que realizarr diariamente, es decir, otra tarea más que debes añadir, y en esta ocasión la examinarás cada martes. Esta labor será:

El manifestar tu amor y afecto por tus familiares, ya sean los más allegados a ti, como tus padres, u otros miembros de tu familia que no son tan cercanos.

Tienes que hacerte el propósito de establecer obligaciones de mantener contactos visibles en la medida de tus posibilidades con tus seres queridos. El abrazo, los besos, el intercambio de energías con la familia ayuda extraordinariamente a aumentar los lazos de amor. Esta manifestación es tan efectiva que en muchos casos ayuda hasta en la sanación de enfermedades.

Cuando no esté a tu alcance poder verlos físicamente, establece contactos a través del teléfono, o por cartas, o cualquier otro sistema de comunicación. En fin, la clave es no descuidar ese contacto.

En muchas ocasiones has experimentado sentimientos de nostalgia por no saber de ellos, pero tu estado emocional ha creado barreras para llamarlos o comunicarte con ellos de una u otra forma. Pero ya hoy estás emocionalmente estabilizado y puedes hacerlo.

Si esta comunicación hubiera llegado a ti un tiempo atrás, no le hubieras prestado atención debido a tu desequilibrio emocional en aquel entonces. Ahora si puedes ponerlo en *práctica porque esta comunicación se procesa y se convierte en un conocimiento.*

También son muy importantes no sólo los más allegados, incluye a parientes, amigos, compañeros de trabajo, personas que te brindan servicio también. Expresa tu sentir cuando un amigo tenga un problema, ya sea económico, de salud o personal. Apóyalos y verás qué bien te sientes. Asimismo, no ignores las situaciones adversas de quienes comparten contigo en alguna esfera de tu vida. Siente la felicidad de ayudar.

A veces pequeños detalles te dan oportunidad de servir. No rechaces esos momentos, como por ejemplo, cuando te enteras que algún amigo o compañero de trabajo necesita ayuda en su casa para realizar una labor. Aprovecha ese momento, ofrécete, sé diferente, actúa como una persona en crecimiento.

Observa como la gran mayoría sólo se dedica al trabajo, a veces de día y de noche; algunos olvidan a familiares, amigos, pero no lo hacen por malo, sino por falta de conocimiento, sin darse cuenta que hacen del trabajo su única labor. Olvidan que hay muchas labores primordiales y de suma importancia.

Todo esto tú lo debes mirar ahora con precisión y en cuanto tengas oportunidad, sin inmiscuirte en la vida de otro, ayuda con palabras afectuosas, si la persona te pidió consejo u opinión. ¿Ves? Aquí también tienes circunstancias convenientes para mostrar afecto y apoyo a un ser humano...

Una vez más, Nimov recibía instrucciones que quizás había oído alguna vez, o que sus padres se lo enseñaron, pero el transcurrir del tiempo y otras situaciones de la vida hacen que esto se olvide o se le **vaya** restando importancia, de tal manera que se crea un hábito negativo, el hábito de no ocuparse de ayudar a los demás, de pasar por alto comunicarse con la familia o con amigos.

Esa noche estaba Nimov. Se dio cuenta que todo era importante, aunque anteriormente no le daba valor significativo a muchas cosas que había conocido; ahora ponía empeño para poner en práctica todo lo que se le orientara hacer.

Las últimas palabras que escuhó esa noche fueron:

Nimov, ahora sólo te falta por conocer lo que tanto anhelas: saber cómo encontrar a tu pareja, con todas las características físicas y espirituales que tú deseas. Eso va a acontecer, y no será ni tarde ni anticipado; a su debido tiempo conocerás ese método que incluirá además el conocimiento que necesitas para enlazar tiempo y lugar, y para que estés en el momento apropiado en el sitio adecuado.

Con estas palabras terminó la comunicación de esa noche.

En cuanto se levantó a la mañana siguiente, tuvo un pensamiento: -Hace varias semanas que no tengo noticias de mis padres. Hoy, en el momento que llegue al proyecto voy a intentar comunicarme con ellos.

Llegó a su trabajo ese día, organizó unos papeles, pero no quería seguir dilatando el comunicarse con ellos. Decidió cerrar la puerta de su despacho y procedió a llamarlos:

Al establecer la comunicación, el que salió al teléfono, fue su padre se saludaron con afecto, diciéndose mutuamente frases de cariño.

Momentos más tarde logró hablar con su madre, al sintir la voz de ella sus ojos se humedecieron por la emoción. Estuvieron conversando un gran rato. Ella, como era muy discreta, no le hizo pregunta alguna sobre su vida amorosa. Pero sí le preguntó cuando se volverían a ver. El le respondió que en cuanto tuviera oportunidad iría a verlos.

Antes de terminar, la madre le dijo:

-Te paso a tu papá, él tiene que decirte algo importante.

Diciendo esto, le cedió el teléfono a su esposo para que hablara con el hijo.

- Nimov, – dijo el padre con voz suave, se notaba algo cansado. – Ya estoy un poco envejecido – y se echó a reír. - Sé que tú nunca has querido aceptar ayuda, pero ahora soy yo el que necesita de la tuya.

- ¿Qué quieres decirme con eso, papá?

-Que en estos momentos necesito una persona que se pueda ocupar de gran parte de mi negocio. Y esa persona eres tú.

- Sí, te entiendo – dijo el hijo del otro lado del auricular y continuó con voz segura y cariñosa al mismo tiempo – Papá, apenas comencé en este proyecto, ante todo, estoy agradecido al dueño y además, esto está algo relacionado con mis conocimientos de arquitectura, ¿comprendes? – lanzó esa frase con mucha delicadeza.

Continuaron la conversación un rato más. De repente, Nimov dice para sí: "¡Agradecimiento!" - moviendo su cabeza como acordándose de algo, y le dijo al padre:

- Tengo un amigo, ya le puedo decir así, que creyó en mí y por él es que estoy en este lugar. Se llama Donato y lleva varios años de vendedor de vinos. Es una excelente persona, te lo recomiendo como si fuera yo mismo. Pienso que ésta sería una muestra de reciprocidad, ya que él fue la persona que le habló al dueño de este proyecto y sólo por que vio una muestra de mis dibujos y conocer por mis palabras que yo soy arquitecto. No me pidió un comprobante o título donde yo pudiera demostrar que lo que estaba hablando tenía validez, sólo creyó en mí.

-Además, no me conocía de hace mucho tiempo. Tampoco tenía referencias sobre mí, sólo conocía al dueño del restaurante donde yo trabajaba y éste le dijo que yo era puntual y buen trabajador. Lo demás ha sido simpatía que hemos adquirido mutuamente.

-De la misma manera que él creyó en mí, sin saber por qué, yo tengo una certeza en mi interior que él es una buena persona y va a cumplir y progresar en ese negocio. También, de cierta manera, que va a cuidar eso que será mío por herencia.

Dijo estas últimas palabras, se sonrió, mientras del otro lado del receptor se escuchaba:

- Está bien, estoy de acuerdo. Habla con él y después te comunicas conmigo para elaborar un plan, y así veremos cómo vamos a iniciar este proceso.

- Gracias, papá. Así me das la oportunidad de tener un acto de gratitud hacia él, que creyó en mí y gracias a esa seguridad que tuvo conmigo se abrieron las puertas para iniciarme en estas construcciones de casas que por mi labor profesional podré destacarme y progresar.

- Antes de terminar esta conversación, ¿te puedo sugerir algo, papá?

- Sí, como no.

- Tú puedes entrenar a Donato, mi amigo. Cada vez que yo tenga oportunidad, probablemente una vez por mes, si es posible, voy por allá. Dos o tres días permanezco en Madrid y paralelamente que voy ascendiendo aquí, me voy informando de tu negocio. Tal vez con el tiempo, entre él y yo podemos abrir sucursales en otros países.

- Formidable – exclamó el papá con una voz muy alegre, firme y segura

Comprendiendo que al escuchar esta explicación su papá estaba mucho más sosegado, Nimov prosiguió:

- Ahora, ya has entendido que al mismo tiempo que tu negocio queda en buenas manos, yo puedo heredar parte y Donato, si ha trabajado bien, merecerá la otra parte.

El padre estuvo de acuerdo y esto significó que podría venir de ahí otra fuente de ingresos para Nimov procedente de las ganancias que generaría esa empresa.

Terminaron la conversación y Nimov se sintió muy feliz de haber conversado con sus padres. De ahora en lo adelante ,haré esto con más frequencia. Dijo para sí

El negocio del papá era de exportación de vinos, jamones y embutidos enlatados para América Central, Estados Unidos, y Sudamérica.   Sabía que esto le iba a gustar a Donato, y procedió de inmediato a localizarlo.

Momentos más tarde, logró hablar con Donato y cuando le comunicó lo que había hablado con su padre, éste sorprendido preguntó:

-¿Estás seguro de lo que acabas de decir?

- Por supuesto, acabo de hablar con él. Este próximo viernes al anochecer   nos reuniremos en Roma y ultimaremos los detalles. Al mismo tiempo, estableceremos una conferencia telefónica con mi papá

- Formidable, te estaré esperando...

Esta visita a la capital la iba a aprovechar para conversar con Constanza y terminar con ella. Aunque había sido por breve tiempo, no debía seguir manteniendo esta relación, no era justo para ella, tampoco para él.

Esto lo había comenzado a considerar desde aquella conversación que tuvo con ella cuando le dio la noticia de su nuevo empleo distante de la capital. En esa ocasión comprendió que el carácter de ella no era compatible con el suyo.

Los conocimientos que había adquirido, su seguridad en sus sentimientos, unidos al progreso de madurez y estabilidad emocional, le abrieron las puertas para tomar esa decisión más precisa.

Llegó ese día cuando tuvo que reunirse con Donato, pero antes de esta reunión y tal como lo tenía pensado cuando llegó a Roma, fue de inmediato a hablar con Costanza,   lamentó que la niña no estuviera en esos instantes pero pensó que tal vez fuese mejor porque así la pequeña no tenia que presenciar este mal momento.

Se quedó sorprendido por la actitud de Constanza, la cual no se mostró sentida por esta decisión, y quedaron siendo amigos, por lo que él concluyó y dijo:

-Me alegro que hayas recibido esta decisión de tan buena forma y con tanta calma.

-Yo ya lo presentía por eso no me sorprendió.-dijo ella serenamente-. Para despedirse le comunicó a Nimov:

Puedes llamar cada vez que lo desees y conversar con mi hija que te tomó mucho cariño.

Unas palabras más y se despidieron sin discusión alguna.

Dos horas más tarde se reunió con Donato tal y como lo habían planeado.

Transcurrieron seis meses y en el proyecto Nimov continuaba avanzando a pasos agigantados, se estaba convirtiendo en una persona importante en ese lugar. No solamente era el dibujante artístico sino también cooperaba con sus conocimientos de arquitectura que había retomado y que aprovechaba el tiempo estudiando y poniéndose al día en la profesión que había abandonado.

Se destacaba en su labor y trabajaba horas aún después que todos se marchaban y en varias ocasiones el mismo jefe lo había felicitado dándose cuenta del esfuerzo que Nimov estaba haciendo.

También crecía el afecto y el cariño de Luciano y su esposa hacia él. En realidad, esto se debía no tan sólo al extraordinario parecido que tenía con ese hijo, sino principalmente al carisma que tenía el joven y el cariño que recíprocamente manifestaba hacia ellos.

Una hora antes que se fueran los empleados, hubo una reunión de los ejecutivos. Posteriormente, al concluir, Luciano le dijo a Nimov:

- Por favor, quédate unos minutos, tengo algo que decirte.

- Sí, como no – dijo éste con un movimiento de cabeza como de aceptación, al mismo tiempo que sonreía levemente.

- Mi esposa y yo queremos que pases esta noche por la casa a cenar con nosotros, ¿Tienes otro plan en proyecto?

- No señor – respondió Nimov de inmediato-. Para mí es una alegría compartir con ustedes, y si hubiese tenido otra cosa que hacer, la habría pospuesto.

- Formidable – exclamó Luciano-. Te esperamos.

Caía la noche y puntual pero relajado, estaba Nimov en la puerta esperando ser recibido, vestido sin mucho atuendo, porque su jefe le había dicho que era una cena familiar, él siempre se mantenía elegante. Así acostumbraba a ir al proyecto y en muchas ocasiones los que trabajaban allí lo elogiaban por su buen gusto al vestir.

Esta vez no tenía corbata pero lucía una preciosa camisa de color azul y un pantalón negro que resaltaba la calidad de la tela y unos zapatos como siempre bien lustrados.

Después de entrar, cuando caminaban por los pasillos antes de sentarse, Luciano llamó a su esposa y le comunicó que la visita había llegado. Esperaron un par de minutos a que llegara ella para llenar unas copas que tenían destinadas para usarlas en ese momento.

Ella quería participar en la conversación previa a la cena. Parecía como si supiera algo de lo que iba a hablar su esposo.

Después de hacer un brindis, Luciano mostraba no querer más preámbulos y dijo:

- Sé que desde hace días tienes una idea, algo me manifestaste. Es referente a la compra de unos terrenos, ¿no es así, Nimov?

- Sí, es cierto. Son aquellos que vimos hace unos seis días o posiblemente una semana atrás, que estaban a la venta.

- Pues bien – continuó Luciano - ¿Por qué tú no los compras ?

- No puedo, señor. Todavía no tengo suficiente capital para eso.

- Pero si sé que has ahorrado bastante – dijo el jefe del joven sonriente. – Mucho más vas a ahorrar ahora que voy a repartir entre los empleados una regalía y te corresponde una buena parte.

Luciano volvió a sonreír, levantó sus cejas y miró a Nimov como esperando otra objeción para rebatirla también.

Así fue porque Nimov estaba presto a refutar.

- Aún así, todavía no tengo aún lo suficiente para el depósito . Además, todavía no he establecido crédito – dijo frunciendo el ceño.

El señor permaneció en silencio por unos segundos después de escuchar estas palabras. Pero se puso de pie y preguntó:

- Pero lo deseas, ¿verdad? – expresó llevando sus manos hacia delante con sus palmas hacia arriba, observando a Nimov.

Éste quedó en silencio. No sabía qué más decir.

Prosiguió Luciano:

- Yo te avalo para el crédito. Además, te completo el dinero que te falta y después me lo devolverás, cuando ese dinero se te haya multiplicado. Yo sé que lo vas a lograr. Al hacer este gesto contigo, siento no solamente yo sino también mi esposa, que lo hacemos como si tú fueras un hijo nuestro.

- Te has ganado nuestro cariño – continuó – nuestro afecto, en los meses que llevas aquí hemos observado tu conducta ante nosotros, tus amigos y ante el trabajo. Es una actitud digna de encomio. Eres una persona de una magnitud excelente, por lo que te pedimos que aceptes este gesto nuestro, que viene de nuestros corazones. Lo hacemos con mucho amor.

Luciano se acercó, Nimov se levantó y se dieron un abrazo. Ambos se emocionaron de gran manera.

El joven arquitecto se había quedado atónito y al mismo tiempo, rebozaba de agradecimiento. Inevitablemente se le humedecieron los ojos. Estaba seguro que su progreso económico vendría. Seguía meditando día a día, pero nunca imaginaba de la forma que comenzaría este proceso y ahora lo tenía frente a él.

Recordaba las palabras: *todo está conectado, tu actitud, tu comportamiento, tu crecimiento interno.*

Al haber mejorado su manera de comportarse unido a su crecimiento como ser humano y la actitud positiva, le abrieron las puertas para que personas como esas creyeran en él.

Siguieron conversando un rato más. Cenaron y terminaron la velada de forma agradable. Hacía mucho tiempo que Nimov no disfrutaba de un ambiente donde se reunieron varias emociones al mismo momento. Salieron a relucir sentimientos de afecto, de amor paternal, de gratitud; todas esas expresiones convergieron aquella noche tan representativa.

Antes que Nimov se marchara, la esposa se despidió, no porque tenía sueño, sino porque quiso dejarlos a ellos solos. Se dio cuenta que su esposo quería conversar algo sin que ella estuviera presente, y dio una excusa para ausentarse.

En cuanto la señora se retiró, Luciano comenzó a hablar de algo que era muy importante :

- Hace tiempo que quería comentarte de un acontecimiento muy familiar que solamente lo saben personas muy allegadas o a las que conozco hace muchos años. Pero contigo hay algo especial y por eso he decidido relatártelo.

- ¿Sobre qué se trata señor? – preguntó el visitante con mucha curiosidad.

- Es que siempre te he hablado de mi hijo, y nunca te he dado a conocer como ocurrieron las cosas. Pero te repito, ya eres mucho más que un amigo, por eso me siento con deseos de compartir eso contigo.

Pasaron unos segundos. El señor quería salir de la emoción que sentía por lo que iba a decir y prosiguió:

- Mi hijo era una excelente persona, joven, iba a cumplir treinta años, tenía planes de boda, gozaba de buena salud al parecer. Alegre, noble, sincero además su aspecto físico se destacaba porque era bien parecido y esbelto. Te estuviera toda la noche describiendo sus cualidades.

Algunas breves pausas hacía el señor, pasándose la mano derecha por el mentón y continuó:

- Un día sintió un dolor en una costilla, no le dimos importancia, pero a la semana se repitió más fuerte ese dolor, acompañado de mareos. No perdimos tiempo y lo llevamos a un médico. Después de todas las investigaciones, le diagnosticaron una enfermedad que ya imaginas el nombre, y no quiero repetir. Le pronosticaron meses de vida. Lo llevamos a otras opiniones médicas dentro y fuera del país, obtuvimos los mismos resultados. El dictamen fue obvio, que más te puedo decir.

- Señor, que difícil es soportar ese dolor, aunque yo no tengo hijo, me lo imagino.

Preguntó algo más que se le escapaba de la boca, porque procedía de muy adentro:

- Dígame, Luciano, ¿De qué se valió para lidiar con esa pena?

- Te voy a contestar con la verdad y mi experiencia -dijo- al mismo tiempo que dejaba escapar un poco de aire por la boca- continuó: La mente humana tiende a transformar los sucesos desagradables en resignación. Por eso, aunque no se olviden, adquirimos las fuerzas para seguir adelante y aprender a vivir con esos recuerdos. Permitimos poco a poco que momentos de risa y de felicidad batallen contra el sufrimiento que se creó al ocurrir esta adversidad. después de respirar profundamente continuó:

- Ahora entiendes mejor el por qué mi esposa y yo hemos aumentado el afecto hacia ti. Unas de las razones han sido por el extraordinario parecido, no tan sólo en el físico, después de conocerte, también podemos decir que en el carácter y la calidad de persona.

Sin mencionar más palabras, los dos se pusieron de pie al unísono y se abrazaron con tanta emoción y sinceridad que sintieron en ese momento como si fueran verdaderamente padre e hijo.

La velada de esa noche unió más a estas personas, estrechando mutuamente los lazos de afecto.

Al llegar Nimov a su apartamento, lleno de agradecimiento, le vino a su memoria aquella ocasión en la que recibió la orientación de la abundancia. Recordaba las palabras:

Abundancia es ser próspero y abundante en todo. Si tienes mucho dinero y no tienes amor hacia los demás, eso no es abundancia. Por eso cuando das, te sientes más abundante y siempre vendrá a ti más prosperidad, más riquezas, el universo te lo regresa multiplicado muchas veces.

Por eso, cuando su padre le presentó la oportunidad de dirigir el negocio de vinos y embutidos enlatados él tomó la decisión de otorgarle esa circunstancia favorable a un amigo. Lo hizo porque vinieron a su mente esas palabras; recordó y puso en práctica la gratitud, recordó que dar, es felicidad.

Ahora veía recompensada aquella acción. Lo que dio le había sido devuelto multiplicado abundantemente. Tenía frente a él un proyecto que el Universo le había puesto a su completa disposición, una oportunidad donde comenzaría los primeros pasos que lo conducirían tal vez a hacerse rico nuevamente, así que veremos si esto sucede, o no.

Aunque aún le faltaba su pareja, tenía seguridad que la encontraría, pero con frecuencia se preguntaba:

¿cuándo la conoceré, si todavía no he conocido tan siquiera el método para encontrarla? Al momento se respondía:

-Debo tener paciencia eso no se me puede olvidar, debo seguir esperando con serenidad.

Al día siguiente, sin pérdida de tiempo, comenzaron las gestiones para la compra de los terrenos. Luciano acompañaba al joven arquitecto a todos los lugares para que se efectuara cualquier gestión a la mayor brevedad posible, y con la influencia de este señor y el deseo de hacerlo todo bien, en menos de dos meses, Nimov se hizo propietario de esas tierras en las cuales construiría varias decenas de casas que serían las más bellas y elegantes de esa zona.

De ahí en adelante comenzó a acrecentarse el trabajo y la responsabilidad para este hombre joven que con gran impulso y entusiasmo continuaba esforzándose para triunfar.Ahora tenía que dividir su tiempo, cumpliendo donde estaba trabajando para continuar con esta obra de construcción de esas residencias, pero mientras no culminara esto, tendría también que dedicar horas a su nuevo proyecto de casas.

No quedaba dudas Luciano sabía que Nimov quería dedicar todas sus energías a su nueva proyección y al mismo tiempo continuar trabajando en lo que estaba para quedar bien con él, que tanto lo había ayudado. Sabiendo esto, lo llamó a su despacho cerró la puerta y comenzó una propuesta que dejó asombrado a aquél a quien quería como un hijo. Comenzó Luciano diciendo:

- Nimov, ya más del noventa por ciento de tu labor está realizada aquí, y de acuerdo con mi experiencia, puedo calcular que en menos de seis meses estarán fabricadas todas la viviendas que faltan.

Al mismo tiempo que se servía un vaso con agua, preguntó:

- ¿Quieres?

- ¡Sí, por favor sería tan amable! Gracias.

- Realmente – prosiguió Luciano – es necesario que empieces a dar todo tu tiempo a la preparación y a la puesta en marcha del proyecto de construcción residencial que yo sé que deseas comenzar.

- Todo lo que usted dice es cierto – interrumpió Nimov – Pero yo he pensado que debo comenzar lentamente porque poco a poco, al transcurrir el tiempo y con el desarrollo de la construcción, podré ir solicitando nuevos préstamos. Además, si voy muy de prisa necesitaría contratar obreros para las labores y para la administración un personal bien calificado. Eso me costaría muchísimo. Prefiero ir distribuyendo el dinero paso a paso.

- Yo te dije que el dinero que te hiciera falta te lo prestaría de mis cuentas personales, porque el banco te iría ofreciendo pocas cantidades y eso va a dilatar mucho la terminación de la construcción. Por lo tanto, no hay nada más que hablar, ésta es una orden que vas a cumplir.

– Riéndose y señalando a Nimov con su dedo índice y sin dejar que el otro refutara sus palabras, continuó diciendo:

- Vamos a organizarlo todo, a darle curso a los contratos, a seleccionar los empleados que van contigo y seguirán cobrando a través mío, también vamos a contabilizar otros gastos misceláneos. De todo eso me encargaré yo también.

Se le acercó Luciano y abriendo sus brazos, le dio un estrechón con fuerza, que recíprocamente respondió Nimov, a quien se le hizo un nudo en la garganta. Se había quedado estupefacto. El sabía que vendría su progreso económico pero esto lo había sorprendido. Recordaba las palabras:

Progresos y sucesos van a acontecer, que te van a dejar atónito.

Una semana más tarde, estaban los empleados en el nuevo proyecto. Muchos se habían quedado viviendo en los mismos apartamentos, aunque tuvieran que demorar casi dos horas de viaje, pero esto sólo sería por un tiempo. En pocos meses estarían ubicados allí mismo o en lugares bien cercanos.

En el grupo iba una joven que había hecho buena amistad con Nimov. Inclusive ella y su novio salían todas las semanas con él y otros empleados más a distintos lugares de esparcimiento y diversión.

También en muchas ocasiones lo habían entusiasmado para presentarle una amiga de ellos a quien que estimaban mucho. Pero Nimov siempre evadía ese hecho, porque pensaba que su pareja la conocería pronto, por lo que estaba pacientemente esperando a conocer el método que se le revelaría en el momento adecuado.

A pasos agigantados se movía la obra, con la colaboración de todos. Algunos empleados se iban sumando poco a poco, nuevos trabajadores que llegaban de los alrededores, eran entrevistados por Nimov y por el señor Luciano, que no abandonaba este nuevo proyecto porque quería, sin lugar a dudas, poder ver en la cima a su "adoptado" hijo.

Paralelamente, iban desarrollándose los dos lugares, pero Nimov sabía que en cuanto culminara el primero, toda la fuerza laboral vendría a apoyarlo.

Transcurría el progreso de este incansable emprendedor, que no obstante dedicarle horas y horas al trabajo encontraba tiempo para visitar a sus padres. Al mismo tiempo se reunía con Donato para planear ideas de expansión en el negocio de su papá, y que cuando terminara su labor en el lugar donde estaba ahora, recibiría buenas sumas de dinero.

Con una parte pagaría el préstamo y con la otra compraría una casa en Milán. Ese era uno de sus sueños, ampliar el negocio de su padre, ahorrar y repartir a instituciones. Pero no olvidaba disfrutar de las buenas cosas de la vida, ya ponía en práctica el balance de trabajar y disfrutar por lo que planeó un viaje turístico en barco.

No perdió tiempo con esto por lo que fue a una agencia para comenzar a seleccionar los lugares, y todos los pormenores respecto a este plan.

No tuvo dudas en planear este viaje sin acompañante ya que lo que necesitaba era un buen descanso y distracción.

Por eso solicitó bastante información, quería que todo se realizara de manera adecuada sin limitarse de disfrutar costara lo que costara.

Aquella etapa de su vida de trabajar constantemente sin disfrutar lo ganado, había quedado atrás, en el olvido.

TERCERA PARTE

Una noche más en su nuevo y espacioso apartamento, también con ciertas decoraciones que resaltaban discretamente el buen gusto de la persona que había hecho los arreglos interiores. Aunque Nimov también tenía ciertos conocimientos de engalanar casas y apartamentos, en esta ocasión se había limitado a elogiar el trabajo de la decoración y dar sólo unas pequeñas ideas de cambio.

A diferencia de aquel diminuto lugar donde habitó a su llegada a Italia, ahora ya estaba animado, alegre, y se sentía con deseos de disfrutar el alojamiento de un sitio arreglado y elegante.

Feliz se sentía Nimov y esa noche, quizá escuchó lo que tanto ansiaba .

... Llegaron esas instrucciones, cuando Nimov meditaba, nuevamente escuchó esa emocionante y amorosa voz:

Para tu estabilidad, para culminar con tus deseos, para poder decir que eres próspero, y si ya lo eres en salud, en crecimiento interno y lo estás logrando en dinero, tiene que llegar a tu vida la pareja con la que has soñado, la que llamarías tu complemento, tu otra mitad; algo de vital importancia para todos los seres humanos.

Esto sin duda te trae a tu vida un balance que te conecta con todos los otros aspectos que te he mencionado.

Tu paciencia ha crecido de tal manera que has sabido esperar, pero también, has entendido que ha sido necesario. Hoy eres un ser humano equilibrado, no actúas sin pensar, no criticas a los demás. Al contrario, tu amor ha crecido para los familiares, amigos, y la compasión que sientes para los necesitados la has demostrado.

Duermes placenteramente, del cuerpo ha eliminado grasas innecesarias, tu vientre es plano, has aprendido a mantenerte erguido, el reflejo en tu mirada y la alegría que se destaca en tu rostro han hecho esconder tu edad cronológica.

El dinero está llegando a ti, y cada día tus ideas respecto a los negocios aumentarán. De manera tal, que vendrán a consultarte, a pedirte consejos, personas que hoy tienen empresas y otros que quieren igual que tú, llegar a tener éxito y renombre..

Has cumplido, día a día, con lo que has aprendido. Tú mismo, como te he dicho, irás ampliando tus conocimientos y posibilidades. Es por eso que este método es tan eficaz. Cada día de la semana examinas un aspecto, y a diario vas actuando con todo lo que deseas y has aprendido.

Hoy vas a conocer El Método para encontrar tu pareja... Otro día..., dos enseñanzas más. Una es:

El Reciclaje de la Energía Sexual y junto a eso debes conocer algo bien simple, pero que la mayoría no lo pone en práctica. Son orientaciones de gran valor cuando ya estés con tu pareja. Las conocerás inmediatamente que esa persona esté próxima a ti. Continúa con paciencia, todo lo vas saber a su debido tiempo.

Ahora, el ansiado Método:

Para lograr esto tan importante es necesario agruparlo en tres partes:

PRIMERA: Hacer una lista de las cualidades físicas, espirituales, emocionales y sociales que quieres que tenga tu pareja.

SEGUNDA: Poner en práctica un sistema para conectar tiempo y lugar. Te lo voy a enseñar también.

TERCERA: Una guía que muestra la letra A cuatro veces.

Comienza con la lista de las cualidades, o sea, la primera parte:

Vas a escribir las cualidades físicas desde los pies a la cabeza.

Nimov comenzó mentalmente a grabarse todas las instrucciones, pero más tarde las plasmaría en un papel, para que no se olvidaran. Además, sabía que debía leerlas a diario hasta impregnárselas en su mente.

Así vas a comenzar la lista:

Pies:

Piernas:

Muslos, caderas:

Busto:

Cuello:

Ojos:

Cabello:

Labios:

Manos:

Tú mismo vas a señalar cómo quieres que sea cada una de esas partes de su cuerpo. Algunas, si no son importantes para ti, elimínalas. Otras que sí son importantes y no están, añádelas.

Adjunto a estas cualidades físicas tienes que escribir las que no son del cuerpo, porque si su cuerpo te gusta, pero faltan otras características que son de tu deseo, entonces no cumplen tus requisitos. Para que estés satisfecho, presta atención a esto:

Las clasificas de esta forma:

SENSUAL: Esto es obvio, a la mayoría le interesa.

SEXUAL: Por supuesto.

ACTITUD ANTE LA VIDA: Aquí puedes escribir cómo la deseas respecto a los negocios, a su profesión, si la quieres emprendedora o por el contrario, que sólo se dedique a las tareas del hogar.

PERSONALIDAD: Noble, que diga las cosas con amor, prudente, (como tú creas, aumenta o inclúyelas posteriormente).

Algunos ejemplos más te voy a indicar y después tú te encargas de adornar cada característica. Lo importante es que no dejes ninguna afuera; aunque te parezca exagerado, escribe. No es que quieres la mujer perfecta, pero sí la que te interesa. Porque hay cualidades que le has de preguntar a algún amigo y para él son insignificantes, pero para ti son importantes. Continuamos.

Forma de vestir:

Nivel cultural:

Gusto por la música:

Higiene:

Aquí tienes una gran idea. Continúa incorporando cada característica como tú verdaderamente deseas, sin lugar a dudas, así habrá de venir.

Segunda parte:

Esta que vas a aprender ahora es la segunda de las tres:

Para comenzar te digo que el tiempo y el espacio son imaginarios. Quizás lo entiendas cuando te lo explique con este ejemplo: Si ahora mismo te imaginas estar en un sitio, no importa a que distancia del lugar estés. Lo que importa es que quieras ir con tu imaginación. Y si es así llegas a ese lugar de inmediato Tampoco si es de día o de noche, si llueve o hay sol, Ya sea recordando una ocasión o simplemente deseando estar, lo logras.

Por lo tanto, es necesario que mentalmente realices este ejercicio que te voy a indicar:

Imaginariamente traza un camino que va de sur a norte y de norte a sur. Otro que va de este a oeste y así que viceversa, de oeste a este. Es decir, utiliza los cuatro puntos cardinales

Así de sencillo, pero visualizando y con certeza que vas a materializar esto:

Cuando vayas hacia el sur, procediendo del norte imagina que ella va hacia el norte procediendo del sur y coinciden en un mismo punto.

De la misma manera, vas a hacer con las otras localizacioneses, de este a oeste...

El tiempo, la hora, no te preocupes. El tiempo del Universo es perfecto. Te la vas a encontrar en el momento apropiado en el lugar adecuado.

No creas que cuando comiences a hacer estos ejercicios lo estarás haciendo solamente tú, no. Ella en alguna parte del mundo, estará haciendo lo mismo y también tiene su lista hecha de las cualidades que quiere. Tú eres el hombre que ella va a encontrar, y ella es la mujer que tú estás buscando.

Si hoy has recibido esta comunicación es porque ya estás preparado para encontrarte con ella. Los momentos tan impresionantes y emocionantes que te esperan son fascinantes, indescriptibles. Porque te lo has merecido.

Nimov se emocionaba, pensando que en alguna parte estaría ella pensando en esto mismo, en el encuentro que inexorablemente iba a ocurrir.

Ahora continuaba y le dijo a Nimov:

LA TERCERA PARTE CONSISTE:

En una regla donde aparece la letra A cuatro veces. Esto te ayudará a evitar confusiones, porque quizás alguna u otra mujer se te pudiera presentar antes que ella, pero cuando aprendas esta regla, no tendrás duda si es o no es así no dilatarás esa relación.

Por eso continúa prestando atención para que anotes también...

La regla es así:

La primera A:

ATRACCION FÍSICA: Es UN imán que sientes cuando está frente a ti esa mujer. Es algo que aunque parezca físico totalmente, es eso y mucho más. Es el conjunto de cosas que te atraen.

Es la mezcla de sentimiento, ternura, pasión, sexo, y muchas cosas más.

Es una magia, una fuerza, algo invisible que brota de muy adentro, la unión de la belleza física con el misterio.

La diferencia entre admirar a una mujer bella y sentirte atraído por ella es la clave para continuar en la búsqueda de las otras cualidades importantes, para emprender la conquista de su amor.

La segunda A:

ARMONÍA DE PAREJA:. Esta es como cantar a dúo, una voz puede ser aguda, otra grave, pero concuerdan en la entonación. Al igual, en una pareja, cada uno tiene su personalidad propia, pero teniendo armonía, llegan a acoplarse.

Cuando hay armonía, el hombre y la mujer tienen la razón, o sea, no es de uno o del otro, es de la pareja la razón. Recuerda, no compitas con tu pareja, si ganas, pierdes.

Armonía es hablar y escuchar, no hablar los dos al mismo tiempo.Hay que saber escuchar primero.

Aprender a confiar, a respetar el espacio, a trabajar juntos en el crecimiento de la pareja, eso es armonía.

La tercera A:

114

ACOPLAMIENTO SEXUAL: Partiendo de estas dos palabras unidas, es fácil entender. Cuando una pareja hace el amor, existe entre los dos una comunicación que se manifiesta desde las palabras, los gestos, la manera de tocarse y de acariciarse.

Tiene que haber conexión entre los gustos y la entrega. Ambos tienen que coincidir en pedir y aceptar. Los dos se hacen cómplices en sus secretos y fantasías, de manera espontánea y en común acuerdo. Es la unión de lo sexual con lo espiritual.

La cuarta A:

ADMIRACIÓN: Debes admirar a tu pareja por su actitud en la vida, por ser una persona donde resalta su calidad humana. Por su actitud emprendedora, alguien que es un ejemplo y se destaca por sus virtudes y principios. Que siente amor y respeto por sus padres, por sus hijos.

La admiración es algo que cubre como un manto envolviendo las virtudes y confiando en la enmienda de los errores.

Hubo un momento en que Nimov quiso interrumpir con una pregunta:

-¿Cuál de estas cuatro es la importante?

De inmediato escuchó la respuesta:

Las cuatro. Esto es como una mesa con cuatro patas, si le falta una, la mesa se cae, no se puede sostener. Así de sencillo. Si te atrae físicamente, pero no hay armonía, se desequilibra, no se hace sólida la pareja, y si rechazas cualquier A, sucede lo mismo.

Pero algo muy importante te quiero decir:

Precisamente tú, ya no debes preocuparte por esta regla, porque estás próximo a encontrar la mujer que tanto has deseado. Pero sí es importante, por si te encuentras con una o algunas antes de eso, ya no tengas que dilatar esa relación si aplicas esta regla.

Además, tú como hombre espiritual y en el camino del crecimiento que estás, has de saber que cuando encuentres a esa pareja va a formarse una capa de amor que será la que habrá de envolver a las otras. Sí, así será con tu verdadera y añorada pareja.

Mira, día a día, todo esto para que te lo grabes, repito, y lo impregnes tanto, tanto en ti, que en cuanto veas a esa mujer, todo este conocimiento te saldrá a flor de piel y en el momento que te unas a ella, comprenderás todo esto que has conocido.

Algo de gran valor: Estos conocimientos no los guardes para ti solo. Muchos son los necesitados de aprenderlos también. Según se vayan ofreciendo oportunidades en que puedas comunicarlo, hazlo y ayuda, ésa es una manera de engrandecer el agardecimiento..

Estas cosas aprendidas las puedes transmitir en distintas formas, ya sea por escrito o verbalmente. Verás lo bien que habrás de sentirte en los momentos que ayudas.

Los sueños, las cosas que deseas, se cumplirán en ti y en un tiempo bien cercano...

Recuerda que tan sólo te faltaba un día de la semana por conocer, así que estas nuevas resoluciones después de escribirlas vas a impregnarlas con tus meditaciones diarias y sumarlas a las otras que ya tienes, se va haciendo amplio este método por eso te dije que todo tenía que ser a su tiempo, porque al igual que el alimento material que ingieres diariamente lo haces con medidas y a su debido tiempo, de esta misma manera los conocimientos han tenido que llegar a ti poco a poco.

Piensa en todo lo que a diario tienes que visualizar, por eso es importante un día de la semana, diferente día, usarlo en auto examen o como una retroalimentación, para ver el progreso y también para lo que no se ha hecho.

Ahora te das cuentas de lo efectivo de este método, de lo necesario de meditar todos los días por tu salud, tu apariencia física, tu economía, tu familia, tus amigos.

Ves como te decía que ibas a convertirte en un maestro, porque la mayoría de las personas se levantan y comienzan a moverse de prisa, para iniciar las tareas cotidianas, y olvidan que la primera deuda del día es con ellos mismos.

Como todo tiene un orden, todo esto referente a tu pareja aunque lo medites a diario, también es necesario que lo examines un día específico para continuar resaltando la efectividad de este método.

Ese día de la semana será:

Miércoles

Hasta que la encuentres habrás de hacer estos ejercicios diariamente y cada miércoles el auto examen.

Después que haya llegado a ti, ese día continuarás observando cómo mejorar tu relación y en qué has errado, así se fortalecerá más la unión de la pareja..

- Verdaderamente, me he quedado impresionado – interrumpió Nimov, con voz baja y pausada en cada palabra. – De inmediato voy a escribir toda esta información.

Ya tienes los instrumentos, ahora es fácil identificar quien es tu pareja cuando aparezca ante tu presencia.

El "nuevo Nimov", sereno y seguro, comenzó a escribir todo lo necesario para impregnar en él todos esos conocimientos nuevos en su vida.

De ahora en lo adelante, si se le presenta cualquier mujer, aunque le gustara mucho, en cuanto se diera cuenta, si a ésta le faltara alguna cualidad o sea una letra A, pues el ya sabía lo que tendría que hacer.

Pasaron varios días, y un atardecer se le acercó a Nimov la joven que trabajaba en el proyecto anterior y en este nuevo también; aquélla que junto con su novio animaba a Nimov a salir a distintos lugares a distraerse. Siempre estaba tratando que él conociera a una amiga a través de ella; lo hacía porque quería que él ya tuviera una relación, lo veía muy solo y se preocupaba porque lo estimaba mucho

Pero Nimov constantemente la evadía ya que estaba seguro que su pareja aparecería de forma espontánea y no de esta manera que quería la muchacha.

Ante tanta insistencia, no quiso ser descortés y accedió a conocer a la tan mencionada mujer. Concertaron una reunión en el apartamento del novio de esta muchacha que trabajaba con Nimov.

Finalmente conoció a Kiara, así era el nombre de la joven. En verdad era una mujer bella, delgada, con una sonrisa muy agradable y unos ojos verdes que resaltaban por su expresión de dulzura, además de cierto misterio.

Aquella tarde la elegante muchacha destacaba su porte elegante con un vestido color esmeralda, que llegaba al comienzo de sus rodillas, discretamente ceñido a su pequeña cintura y abierto, sostenido en los hombros por dos sencillos tirantes de la misma tela.

Esa noche la joven se mostró muy amable, y se pudo apreciar su buen carácter. Fue una velada muy agradable donde todos compartieron y disfrutaron de buenos momentos.

Nimov continuó visitándola posteriormente y salieron a cenar en varias ocasiones.

Después de algunas salidas, en las que fueron conociéndose más, llegaron a la intimidad. Esto hizo que se tuvieran más afecto y pudieran abrirse más para hablar con más franqueza en otros aspectos.

Una tarde, ya a punto de anochecer estando los dos en un sofá, él sentado y ella recostada en su regazo, ambos en silencio, rompió Kiara esa ausencia de sonido diciendo:

- Nunca te he hablado de mi vida, de mi pasado, ni donde nací.

- No tienes por qué hablarme de algo que ya pasó – dijo él, como haciéndole saber que no tenía por qué contarle hechos de otra época que ella había vivido antes de conocerlo.

- Si, te entiendo, pero no es algo respecto a otras relaciones amorosas sino sucesos bien significativos que me gustaría hacértelos conocer.

- Bueno, si así lo deseas, y si en esa conversación hay algo en lo que pueda ayudarte después de saberlo, entonces comienza.

Ella se incorporó, y volteándose, se sentó frente a él con las piernas cruzadas, mirándole al rostro y comenzó a hablar:

- Yo nací en Nápoles, ¿sabías esto?

- Pero... yo pensaba que había sido en Florencia porque me hablas mucho de esa ciudad – dijo con mucho asombro.

- Sí, yo sé que pensabas eso por eso quiero relatarte desde el principio.

- Está bien, continúa hablando, te escucho.

- Cuatro años después de mi nacimiento, mi mamá dio a luz otro hijo, un hermanito que recibí con mucha alegría, porque ya tenía a alguien con quien jugar, así pensé, y así fue posteriormente con el transcurrir del tiempo.

Cuando apenas yo tenía diez años de edad, tuve que pasar por el triste acontecimiento del divorcio de mis padres. Como todos los niños que pasan por eso, me tuve que resignar y continuar, a pesar que no lo entendía bien porque era muy niña aún.

Mi papá se ocupó de nosotros el primer año, después se marchó de la ciudad y por mucho tiempo no supimos más de él. Esto me confundió mucho porque él había sido un padre muy bueno con nosotros, y nunca pude entender por qué actuó así.

Cinco años después del divorcio, mi mamá se volvió a casar. Pasó un tiempo, mi padrastro se llevaba muy bien conmigo pero no con mi hermanito, que comenzaba a ser adolescente y empezaba a sentir el maltrato verbal por parte de él. Se fueron empeorando las cosas y no solamente eran ofensas de palabras sino también de maltrato físico.

- Pero, ¿a qué se debía esa actitud, a caso tu hermano era muy indisciplinado? No entiendo por qué ocurría eso.

- No, mi hermano era y es un joven muy noble y muy disciplinado.

- Entonces, ¿cuál es la respuesta?

- Es que mi hermano es homosexual y mi padrastro no soportaba a esas personas. ¿Qué opinión tienes tú respecto a los que son así?

Nimov sin dudar, calmadamente dijo:

- Yo no valoro a los seres humanos por sus inclinaciones sexuales, sino por su condición de corazón, y por su actitud ante la vida.

- Me alegro que pienses así, ahora te voy a terminar la historia:

- Una prima de mi mamá dejó una herencia que incluía una propiedad en la ciudad de Florencia. Mi mamá sólo quiso la mitad del dinero y le cedió la casa a una tía mía que se fue a vivir allá.

Un día, sorpresivamente, sin que alguien en mi casa supiera algo, me fui con mi hermanito a casa de esta hermana de mi mamá. En aquel entonces él tenía trece años y yo diecisiete, pero ya no pude aguantar más la actitud de mi padrastro hacia él y huímos buscando protección en aquel lugar.

Mi mamá se imaginó dónde habíamos ido a parar, pero comprendiendo la situación, sólo llamó al casa de su prima y quiso asegurarse que estábamos bien, prometiendo a mi tía y a nosotros guardar silencio.

- Bueno, ya que me has contado todo eso te quiero felicitar por tu valor y por ese gran amor que manifestaste con esa hazaña, tan difícil para una adolescente, como eras en aquel entonces.

- Gracias por tus palabras, por comprender todo. Ya me siento más tranquila porque pude compartir esto contigo.

- Lo demás que me queda por decirte es que trabajo en una empresa distribuidora de muebles. Yo estudié algo relacionado con ese giro. También pinto cuadros en momentos libres, como has podido observar. A veces viajo y lo hago para reunirme con mi hermano que es diseñador de joyas y tiene que ir a distintas ciudades del país. Cuando pasa algún tiempo y no puede venir, pues seleccionamos un lugar que sea un punto favorable para ambos.

Después de esta historia que Kiara le contó, cenaron algo y él se marchó. En esta ocasión iba con más simpatía hacia ella, aunque ya había sentido que no tenían acoplamiento sexual.

Cuando llegó a su apartamento pensaba y se respondía:

-Ahora que ya tengo el conocimiento, voy a determinar en los próximos días lo que debo hacer

Prosiguió Nimov viendo a Kiara. Un día, pasó por su mente la idea de invitarla al viaje que ya tenía planeado, una gira en barco por las Islas Griegas y Turquía. ¡Qué error tan grande hubiese cometido si hubiera actuado así!

Pero no, ya hoy él era un hombre lleno de conocimientos. Sabía que no podía actuar por emoción, porque el que actúa por emoción, permite que se empañe el entendimiento.

Kiara era una excelente mujer, con muy buenas cualidades, pero cada vez que hacían el sexo él se daba cuenta que no había acoplamiento entre ellos por eso pensaba que era mejor no continuar con esta relación.

Además, recordaba la regla donde aparecía la letra A cuatro veces y cuando escuchó: *Nimov, ¿cuál de estas cuatro son importantes?* La respuesta fue: *Todas, las cuatro.* Esas instrucciones las tenía grabadas en su mente, por lo que prosiguió con su plan y señaló en la agencia de viajes el día que deseaba comenzar con este paseo excursionista, tal como lo había planeado viajando solo sin acompañante. Presentía que debía hacerlo así.

También pensaba que todos los conocimientos adquiridos para distinguir cuando llegara su pareja, junto con su crecimiento como ser humano, lo llevaban a tomar una determinación con Kiara, para no seguir ilusionándola.

Un atardecer, después de concluir con sus labores, Nimov fue al apartamento de la muchacha y habló de forma muy amistosa.

Le estaba tomando cariño porque ella era una buena persona y muy noble, pero faltaba una A, acoplamiento sexual. Eso no se fabricaba. Por supuesto, él no dio a entender algo de esto, pero amparándose con delicadas y prudentes palabras le dijo que prefería dejar las puertas abiertas para una bonita amistad, pero que no quería continuar haciendo crecer esta unión de ellos como pareja.

Ella era una mujer muy dulce y comprensiva y aunque se sentía atraída por él, lo comprendió y estuvo de acuerdo. Además, ya sospechaba que él no se sentía a gusto con ella en la intimidad, por lo que no hubo resentimiento alguno por esta decisión.

Pasaron cinco días, se despidió de todos en el proyecto como siempre Luciano y la esposa se pusieron muy contentos y le dieron un fuerte abrazo, aunque sabían que lo extrañarían por esas pocas semanas pero estaban alegres porque él se merecía esas vacaciones.

Se aproximaba la fecha del viaje, antes de la partida aprovechó para ir primero a Milán para observar nuevamente aquella residencia que le había gustado, y le tomó varias fotos, la cual un agente de ventas de casas también se la mostró por dentro.

Por eso organizó allí los documentos para avanzar en la adquisición de esa hermosa residencia.

Seguía pensando, llegaba a una conclusión más precisa. Determinó que cuando volviera del viaje, ya el papeleo estuviera más adelantado, tal vez en par de semanas más pudiera culminar con la compra. Esto también era un sueño que se aproximaba a cumplirse.

Antes de la gira que realizaría, también visitó a sus padres, y a Donato, para conocer un poco más del negocio.

Todo eso lo hizo en menos de una semana. Cuando regresó a Roma esa tarde tuvo que permanecer en un hotel por una noche porque temprano en la mañana siguiente tendría que estar en el puerto.

Esa noche estando en esa habitación cuando meditaba le llegó la comunicación del día que le faltaba que era literal o sea no tenía un auto examen semanal y escuchó :

Nimov ya has conocido todos los días donde semanalmente debes hacer un autoexamen y el único que va a ser literal es el sábado y ha tenido que ser ahora cuando te lo voy a explicar porque anteriormente no lo hubieses entendido.

Se trata de un día que no tienes que meditar para comprobar tu adelanto, esto es para cuando vivas en tu casa, por eso si se te hubiera explicado en los días que vivías en ese apartamento no hubieras podido asimilar las instrucciones:

Sábado

Cada sábado lo dedicarás a hacer lo que quieras, escribir disfrutar de tu casa, estar relajado en fin usar la mayor parte del tiempo sin tareas, la única será "Hacer nada."

Parece esto tonto, pero pregúntale a tus amistades, a personas que conoces en tu trabajo ¿quién está un día así tan libre? La mayoría de las personas usan ese día que le llaman libre para arreglar y organizar cosas en la casa. A veces se agotan más que un día normal de trabajo.

Pudieras incluir en cualquier momento dar un paseo, salir a un almuerzo o una cena, deleitarte yendo a una obra de teatro o a cualquier lugar de disfrute.

Una actividad que puedas o quieras realizar que sea placentera y relajante pero nada que te haga salir del disfrute de ese día.

Esta práctica te llevará a poder disfrutar de tu hogar contemplar feliz todo lo que has adquirido todo lo que has logrado.

Ahora si puedes entender los motivos por lo que esto se te explicóen estos momentos donde está bien cercano el que seas propietario de una casa.

Así terminó en esa ocasión el maravilloso momento en que aprendió nuevos aspectos o quizás los pasaba por alto .

Paso a paso, todo se iba encaminando hacia la culminación del éxito de Nimov.

Al siguiente día contento seguro y calmado al mismo tiempo, se dispuso a tomar un transporte que lo llevaría al puerto.

Con aire de excursionista y bien sosegado, como ya estaba la mayor parte del tiempo, llegó al lugar donde estaba anclada la preciosa y enorme nave.

Los pasajeros junto con Nimov fueron abordando el barco organizadamente. Al entrar, cada uno buscaba el número de su camarote.

A sólo unos pasos de distancia de Nimov, se escuchó la conversación de dos mujeres. Por prudencia él no volteó su rostro, pero cuando estuvo frente a su puerta, movió su cabeza a la derecha y observó discretamente a las dos mujeres que conversaban animadamente.

Sólo logró ver a una de ellas y de espaldas. La otra ya había entrado al camarote. No supo por qué aquella mujer se detuvo unos instantes y giró su rostro, pero Nimov no alcanzó a verla porque esto lo hizo al mismo tiempo que entraba al aposento.

La nave comenzó a moverse con rumbo sur. Horas después pasaba por algunas ciudades como Nápoles, entre otras, todas las que estaban en la costa, y continuó bordeando así hasta que llegó a la parte baja de la bota, la llamada bota que semeja Italia.

Después, tomó rumbo a Grecia y subió hacia el norte para llegar a Turquía, a la ciudad de Estambul.

Momentos más tardes, comenzó la hora de la cena y en la mesa que le correspondió a Nimov había un matrimonio y otros dos jóvenes que al parecer eran hermanos. Faltaba otra persona más, según el camarero que servía, pero no hizo comentario si era hombre o mujer.

Esa primera cena fue agradable porque el grupo se mostró en general amable y alegre con deseos de cambiar impresiones.

Cuando Nimov se levantó de la mesa, el jefe de los camareros, el que destinaba los distintos asientos en las mesas del comedor, lo llamó:

- Señor, con su permiso...

De inmediato Nimov se detuvo y dio dos pasos para acercarse aún más.

- Mañana – prosiguió el empleado – llegaremos a Turquía. Si va a cenar en el barco, pues zarparemos al atardecer, quiero hacerle saber que le he asignado una nueva mesa.

- Yo no estoy molesto donde estoy – dijo Nimov moviendo levemente su cabeza de un lado a otro.

_ Sí, me lo imagino, pero quizás se pueda sentir aún mejor en el nuevo sitio asignado- . Sin pausa, pero con su cara alegre y sabiendo que era parte de su trabajo colocar juntos a los pasajeros que pudieran tener más compatibilidad, continuó diciendo:

- Es que los turistas de esta nueva mesa hablan italiano, por lo que se pudiera sentir más a gusto.

- Pues me parece bien, le agradezco su gentileza. Dígame, ¿cuál es el número de la nueva mesa?

- Es el número veinticinco.

- Muchas gracias por ese detalle de su parte – expresó Nimov, aceptando con gusto ese cambio que comenzaría a la noche siguiente.

Temprano en la mañana se dispuso a prepararse para el desembarque.

Cuando llegaron al sitio de destino, un grupo fue seleccionado para ir con un guía y los demás les fueron asignados otros con experiencia en orientar turistas. De esa forma todos podían sacar mayor provecho al recorrido por las partes más interesantes e históricas.

En una ocasión, uno de los grupos se detuvo junto al de Nimov y algo le llamó la atención. Al voltear su cabeza, observó a una mujer y dijo para sí:- Estoy seguro que es la misma que vi cuando yo abría la puerta de mi camarote.

También en esta ocasión la mujer lo observó y sostuvo la mirada, hasta que una señora que se encontraba a su lado le dijo algo que la distrajo.

Momentos después cada grupo comenzó sus andanzas y tomaron por distintos senderos, por lo que se separaron ambos en diferentes direcciones.

Regresaron al barco, después él tomó un descanso y un baño que era necesario, porque la temperatura había subido extraordinariamente, se dispuso a ir al restaurante para la cena.

La mesa, donde ya estaba sentado Nimov, junto con un matrimonio con quienes desde que llegó comenzó a hablar, se componía de seis personas. Llegaron a la par un hijo del matrimonio, un jovenzuelo de apenas quince años, y una señora elegante ya de algunos años. Cuando ella llegó, de inmediato Nimov se puso de pie movió una silla hacia atrás, la señora le dio las gracias, saludó y él extendió su mano y la guió discretamente a su lugar .

La esposa del otro señor que estaba en la mesa preguntó:

- ¿Su hija no viene esta noche?

- Sí, como no – respondió la elegante mujer-. Es que olvidó algo y cuando estábamos llegando se dio cuenta y fue al camarote.

Quiso ser más expresiva, por lo que agregó:

- En realidad, se le quedó su cámara fotográfica, ella no quiere perder un solo detalle del viaje.

No habían transcurrido un par de minutos cuando lentamente, caminando con una cadencia sin igual, apareció la hija de la señora, quien al verla dijo:

- Llegó Angelina.

Dirigiendo sus pasos por un pasillo que conducía a la mesa, sin apresurarse, se acercaba poco a poco . Nimov comenzó a observarla con discreción pero según lo hacía, le era más difícil retirar la mirada. Un tremendo impacto había sentido al verla, aunque estaba aún a varios metros de distancia.

Con cierto disimulo, inició el recorrido con sus ojos desde abajo donde se podían apreciar unos elegantes zapatos elevados varias pulgadas del suelo, abiertos de tal manera que hacían resaltar la distinción y al mismo tiempo permitían destacarse la belleza de los pies que caminaban armoniosamente acercándose cada vez más.

Al subir con lentitud la mirada, se encontró con unas hermosas piernas. El vestido de un exquisito gusto, ceñido ligeramente al talle, era el culpable que se destacara la bonita cintura y el movimiento rítmico de sus caderas.

Los brazos delgados y las bellas manos también le agradaron. La cabellera semejaba una cascada que comenzaba en un río y descendía en un arroyuelo. Sus labios carnosos y sensuales enriquecían la tez reluciente de su cara. Por último, cuando estaba ella más cerca, la miró profundamente a sus bellísimos ojos verdes, pero ya no pudo esquivar la mirada porque también ella quedó impactada cuando sintió algo como si quedara embrujada por aquellos ojos que no se apartaban de los suyos.

Tal fue la impresión que le produjo su cuerpo, su andar y su expresión amorosa, que Nimov sintió algo que jamás había sentido.

Se levantó nuevamente y como si se respirara una magia en el ambiente, la mamá también se puso de pie para cambiarse de silla y cederle a su hija la suya que se encontraba al lado de Nimov. Esto fue espontáneo sin saber la señora el porqué esa misma magia hizo que se sentaran juntos.

Comenzó la cena, había un silencio total. Él y ella quedaron impresionados y no había palabras para romper aquella callada quietud. O quizás todos se habían contagiados y querían quebrar el encanto que se había creado.

La señora rompió esa calma y exclamó:

- Angelina, él es nacido en Milán, la ciudad que siempre tanto te ha gustado.

- ¡Oh, qué bueno! – dijo la joven con voz agradable y en tono suave.

-Sí, allí nací – dijo Nimov sonriendo- .Después viví en España muchos años. Ahora quisiera volver a mi ciudad natal.

Continuaron hablando hasta terminar la cena.

Esa noche siguieron conversando un rato en la cubierta del barco. La temperatura un poco fría. Pasaron a un local de otro piso del barco, donde se podía estar mejor . Tomaron algo más y continuaron charlando y sonriendo casi todo la noche.

Nimov, queriendo saber por qué Angelina y su mamá hablaban bien las dos lenguas, comentó:

- Yo pensé que si ustedes venían de España, no hablaban italiano, por eso me quedé confundido cuando me cambiaron de mesa y el empleado me dijo que todos hablaban mi lengua natal, aunque yo también hablo perfectamente el español y bastante bien el ruso.

- Claro, te entiendo lo que quieres decir, pero hay algo que no sabes que te voy a comunicar- dijo Angelina

- ¿Qué es? – preguntó él con curiosidad.

- Yo nací en Modena, Italia. Mi papá era ingeniero automotriz, trabajó mucho tiempo en fábricas de automóviles renombrados. Después, cuando yo tenía dieciséis años, nos fuimos a vivir a Madrid con el abuelo materno de mi padre, que le había dejado una herencia por consiguiente decidieron vivir allá por un tiempo, después regresar a Italia. Pasaron los años, nos fue bien en la ciudad y nos quedamos.

- Ahora entiendo porqué hablas los dos lenguas tan bien – dijo Nimov moviendo su cabeza y sonriendo.

A partir de esa noche en lo adelante, no se separaron más. Se veían en las mañanas, en las tardes, en las noches. Bajaron a visitar las distintas islas Griegas. Su mamá, con la excusa que no podía permanecer mucho rato de pie, los dejaba solos la mayor parte del tiempo.

Después de estos momentos tan alegres era de esperar, el viaje terminó y de nuevo estaban en Roma, allí era donde estaba planeado el puerto de llegada. Posteriormente cada uno se dispuso a ir al hotel donde habían hecho reservación. Por supuesto, Nimov y ella acordaron que después de organizar algunas cosas, descansar y tomar un baño, se verían para dar un paseo por la ciudad.

A las pocas horas, ya estaba listo y se encaminó hacia el nuevo encuentro.

Llegó al hotel donde estaban ellas hospedadas. Como Nimov no se conocía totalmente esta ciudad, propuso hacer el recorrido a los lugares más interesantes a través de un guía turístico. Después irían por su cuenta a otros sitios como plazas y museos que él conocía. Angelina y su mamá acogieron la idea con entusiasmo.

Pasaron un día extraordinario y divertido.   Por supuesto, los tres dejaron caer sus monedas en la Fontana di Trevi, como costumbre de casi todos los turistas. Admiraron la belleza de El Arco de Titus, El Coliseo, y otros lugares de importancia hasta que decidieron terminar el paseo, porque la mamá de ella ya estaba bastante cansada.

Nimov no perdía la oportunidad, cada vez que se acercaba a ella para decirle un elogio o una frase elegante, bonita, le hacía saber a cada momento donde encontraba oportunidad lo bien que se sentía a su lado.

Una noche más, el cielo estrellado y un lucero que daba brillo al horizonte, donde la plateada luna los arropaba lentamente. Esta vez estaban los dos juntos en una preciosa ciudad, y allí tuvieron que despedirse, cada cual tomó rumbo hacia el hotel donde estaban hospedados.

Ese maravilloso día que había pasado le pareció un sueño. Momentos de sorpresas todavía le esperaban a los dos...

El Reciclaje de la Energía Sexual

Como ya era su costumbre, siempre antes de dormir, se relajaba y comenzaba a meditar, sentado en su cama, nuevamente en medio de su meditación, volvió a escuchar aquella voz interior, quizás por última vez o acaso sería por algo más que faltaba a este método que tan efectivo había sido hasta ahora

Nimov – esta vez escuchó más pausada que nunca esa voz, y sintió aún más la tremenda conexión que se establecía en ese momento-. *Como te he dicho, todo llega en orden, todo está conectado. Así has podido comprobarlo. Has constatado también la efectividad de este método. Te felicito porque cumpliste al pie de la letra todo lo que te he indicado.*

Sólo faltan dos orientaciones más. En lo sucesivo, tú mismo ampliarás, añadirás y cambiarás, de acuerdo con las circunstancias.

Hoy has sentido que se ha unificado mucho más la conexión ésta. Eso quiere decir que estás lleno de sabiduría y en cada paso de tu vida, vas a emplear estos conocimientos.

Sólo te faltan por conocer dos instrucciones que ahora te voy a enseñar.

La primera es algo diario que vas a efectuar cuando ya vivas junto con tu pareja. La segunda es el sistema para el Reciclaje de la Energía Sexual.

Lo primero, es bien sencillo. Es una acción que tienes que efectuar a diario. Cada mañana, cuando se levanten, se darán un abrazo donde tú le transmitirás a ella tus buenas energías, tu amor. Ella, en reciprocidad,cuando sienta que recibe esta energía enviará lo mismo. Esto no tiene nada que ver si la noche anterior se abrazaron en el acto sexual, se besaron y se llenaron de pasión. No, esto es diferente. Es un abrazo de cónyuge, de amigo, de hermano, de protección, de aceptación, de entrega, de asimilación.

La inmensa mayoría de las parejas no lo hace. No tienen este conocimiento, lo ignoran. Si tú les preguntas, te responderán con asombro que no saben acerca de eso.

En el mundo hay millones de seres humanos que han pasado épocas, años de su vida y no han recibido un abrazo y tampoco lo han dado. Otros, lo hacen de vez en cuando.

Un número grande de parejas solamente se abrazan en determinadas ocasiones al ocurrir una agradable noticia, o por la celebración de cumpleaños, aniversarios o por algo que produjo júbilo y satisfacción

También hay momentos que lo hacen por una circunstancia adversa, manifestando unión en ese instante.

Por eso te dije al principio es algo sencillo; pero que muchos lo pasan por alto, inclusive tú…

Ahora vamos al segundo punto:

El Reciclaje de la Energía Sexual.

Sé que tienes deseos de preguntar, porque no logras entender esto aún.

- Sí, efectivamente – exclamó Nimov en tono bajo, sin querer mostrar duda. – Yo joven, fuerte y saludable, ¿para qué necesito esto?

Muy bien, ahora te voy a explicar. Este método tiene alcance para distintas edades y distintas etapas. No es lo mismo la potencia sexual en las edades entre treinta y cuarenta años, o entre cuarenta y cincuenta, o entre cincuenta y sesenta, o más de sesenta. Tampoco es igual una pareja de seis meses de convivencia, que de seis años. Ni es parecido seis años a quince años, y así sucesivamente.

¿Crees tú que esto es así como te lo explico?

- Me parece que sí – respondió Nimov con cierto asombro, como si nunca se hubiese detenido a pensar en el asunto.

Nimov, el amor no debe acabarse, pero sí puede transformarse la manifestación. O sea, sigues amando intensamente a tu pareja, pero la forma de expresarlo puede variar.

Además, hay muchas cosas que sólo el vivirlas te enseñará lo que ahora te parece inaceptable.

Desde el momento que comiences a vivir bajo el mismo techo con tu pareja, vas a realizar una vez por semana, a menos que haya circunstancias de otra índole, estos ejercicios que te van a mantener viril, sin importar la edad y van a mantener encendida la llama que produce el fuego necesario para hacer el amor con tu pareja.

¿Escuchaste bien la última frase? Sin esperar respuesta, prosiguió: *TU PAREJA, con otra que no sea tu pareja, no funciona.*

Voy a sustituir tu nombre y el de ella por las palabras, hombre y mujer para hacer resaltar aún más lo que te voy a relatar.

Abre tus oídos una vez más para que grabes en tu memoria lo siguiente:

Tres cosas que vas a utilizar juntas, mente, cuerpo y enrgía. También vas a conocer los canales por donde fluyen dichas energías. Estas son: las palmas de las manos y las plantas de los pies. Por esos lugares entra esa potencia activa dándole capacidad para obrar o producir un efecto y en muchos procedimientos son considerados de gran efectividad.

Algunos profesionales que tocan los cuerpos usan sus manos para dar energías. Hay técnicas en que se usa la planta de los pies bien sea caminando por encima de la persona si está acostada, se colocxan los piés en el lugar donde está el dolor o molestia, para calmar o aplacar la aflicción.

Conociendo los ingredientes mente,cuerpo, energía y los canales, ahora vas a conocer la técnica para efectuar este procedimiento.

Una vez por semana hasta que ustedes decidan efectuarán esto:

Sentados los dos completamente desnudos en la cama donde duermen y frente a frente, mirándose a los ojos, la mujer va a cruzar sus piernas, no sus muslos, sólo sus piernas. El hombre conectará la planta de sus pies con los de ella; de esa manera, el cruzar ella sus piernas y él no, permite que la planta del pie derecho se una con la planta del pie derecho de su mujer, y viceversa, de igual manera hará con su pie izquierdo.

Las manos se unirán palma con palma, en la misma forma, derecha con derecha e izquierda con izquierda. Pero en esta ocasión, el hombre es el que cruza los antebrazos.

Una vez que estén conectados por las palmas de las manos y las plantas de los pies, se procede a cerrar los ojos, a tomar una respiración lenta y profunda, dejando escapar suavemente el aire por la boca. El hombre necesita absorber toda la energía sexual de su mujer, devolviéndola en forma de reciclaje para que ella, a su vez, la recicle nuevamente, otorgándosela a él con la fortaleza femenina. De esa forma, a él llega esa energía elaborada enviada por la mujer,lo que permite, al unirse a la del hombre crear una fuerza y una potencia sexual masculina de una magnitud inmensa.

Al mismo tiempo, con este método se produce para el hombre un almacenaje de esa potencia activa para emplearla con más frecuencia mayor eficacia y vigor..

La mujer siente que pudo transmitir a su hombre de su fuente, como un manantial donde el agua se reproduce constantemente. De esta forma se benefician ambos. Así continuarás por mucho, tiempo hasta que ya crean que no es necesario porque están bien cargados de energía sexual.

Nimov, continúa poniendo en práctica todo lo que has aprendido y diariamente continúa meditando. La meditación será y es una de las armas más poderosas para que te sigas encaminando, progresando en lo material y en lo espiritual.

Sé intenso en todo lo bueno, sigue aumentando la paciencia, el amor, y continúa con tu progreso en todo lo referente a la salud.

Sigue recompensando y ayudando a los más necesitados. Ya hoy en día puedes hacerlo de dos formas, con dinero y con consejos a los que te lo soliciten...

Una vez más, terminaba Nimov de recibir estas orientaciones. En esta ocasión se sentía como un ser humano que llega a ser adulto y su padre le toma su mano y le señala el camino a seguir por sí solo.

Al otro día por la mañana, se preparó para ir a dar un paseo con Angelina y a su mamá. Hoy era el último día en Roma para ellas, también hubiese sido para él, pero tres días atrás había recibido una llamada a su teléfono móvil, avisándole que los documentos de la casa que había gestionado comprar en Milán,estaban listos para concluir con la fase de dicha adquisición y entregarle las llaves, también le comunicaron la cantidad de dinero que debía llevar y en la forma que lo requerían.

Todo este acontecimiento referente a la casa, tuvo que comunicárselo a Luciano,porque necesitaba al menos estar ausente del proyecto,una semana más y así este señor se encargaría de asuntos que Nimov hubiera tenido que ocuparse y también le mencionó los acontecimientos en referencia a Angelina y como siempre este señor se puso muy contento por escuchar algo favorable con respecto a Nimov.

Cuando él llegó al hotel, Angelina le dijo que la mamá no quería salir, tenía que terminar de preparar su equipaje porque al día siguiente al mediodía debían estar en el aeropuerto para regresar a España.

Entonces, sin más preámbulos, ellos dos planearon todo lo que querían hacer y sin separarse un instante, agarrados siempre de las manos, visitaron plazas, parques, comieron pequeñas exquisiteces, saborearon un rico helado. Juntos, la pasaron formidable, hasta que llegó la noche y fueron a cenar a un bellísimo restaurante de la ciudad.

Nimov no dejaba de pasar un instante para mirar a Angelina y decirle lo feliz que se sentía a su lado,constantemente la halagaba y le repetía que le gustaba todo lo de ella, sus manos su cuerpo, todo, y su dulzura en su forma de ser, al mismo tiempo que la elogiaba no perdía oportunidad para darle tiernos besos en las mejillas y ella a su vez respondía con con la misma felicidad.

Antes de llegar al hotel estuvieron en un parque cercano, donde por primera vez se dieron un beso apasionado en la boca y continuaron por un rato con carricias más intensas aún, lo que dejó a ambos con deseos de seguir , pero todo llegó a eso nada más en ese momento.

Al llegar a la entrada del hotel y antes de que él se despidiera Angelina se sonrió con cierto misterio sin saber

Nimov a que se debía eso, pero no le dio importancia y dijo:

-Mañana estaré temprano para llevarlas al aeropuerto.

Pero sorpresivamente ella dijo:

-Tú y yo llevaremos a mi mamá al aeropuerto porque yo me voy a quedar una semana más.

Ese momento fue extraordinariamente feliz para Nimov.La besó la estrechó entre sus brazos y continuaron con más intensidad acariciándose por un gran rato.

Se despidieron con mucha alegría, pero ella continuó con cierto misterio, como si quisiera decir algo pero no lo dijo por lo que él siguió con la duda y se marchó.

Sólo transcurrieron un par de horas y una sorpresa recibió Nimov .Sentado ya en la cama de su hotel a punto de dormirse, sintió que tocaron a la puerta:

- Qué raro – dijo para sí – a estas horas ningún empleado tiene que venir a la habitación. Cuando abrió:

Para su sorpresa, parada frente a su puerta, se encontraba la bella, hermosa y radiante Angelina . Nimov se había quedado atónito. Aquella visita le proporcionó gran alegría. La deseaba tanto, y al mismo tiempo la extrañaba, a pesar que sólo hacía un rato que la había dejado de ver.

Ella iba a hablar para explicar algo, pero no pudo. El le tomó una mano y la hizo entrar en la habitación. Cerró la puerta y comenzaron a besarse con tanta intensidad, con tanta pasión, con tanto amor, mostrando el deseo que tenían uno del otro. Hasta ahora todo parecía indicar que culminaba la espera de tanto tiempo de la llegada de su pareja, la que Nimov había estado soñando y aguardando pacientemente, al menos eso fue lo que sintió en ese instante.

Ella le dijo:

-Esto era lo que quería decirte cuando éstabamos en la puerta del hotel,   preferí darte una sorpresa.Pero tengo que decirte algo más.

-¿Qué cosa es?- preguntó con gran asombro.

-He pensado continuar varias semanas más, dirigiendo mi negocio desde tu proyecto, no se si estás de acuerdo con esto-.Dudosa hizo esta declaración, porque no sabía cual sería la respuesta de él.

Nimov de inmediato, la abrazó y la besó y le dijo:

-¿No sabes la alegría que me has dado con estas palabras que acabas de decir? Continuó exponiendo:

-Mañana mismo hablaré con Luciano seguro que aceptará esa idea tuya. Pero no quisieron seguir hablando de eso y continuaron llenándose de pasión de besos cada vez más intenso

Comprendieron que esa noche había sido muy importante en sus vidas, la felicidad que brotó de cada uno de ellos fue indescriptible por los momentos que estaban viviendo juntos y que nunca antes habían experimentado ni sabían que existían.

Por primera vez ella sintió el amor con tanta intensidad. Nimov nunca antes se había sentido con una mujer como en esta ocasión, percibiendo todo lo que había añorado durante tanto tiempo:

Atracción física, recordaba el impacto que le causó ella desde la primera vez que la vio. Armonía, había tanto ajuste en sus manifestaciones, sus ideas ante la vida. Admiración, al saber que ella, a pesar que su padre manejaba una fortuna, jamás quiso depender de él y se abrió paso con su propio negocio, creciendo lentamente día a día. Por último, al terminar esa noche, la A que faltaba también la incluyó, Acoplamiento sexual.

Algo más: Nimov entendió la diferencia de hacer el amor, en vez de hacer el sexo.

Aquella noche se convirtieron en protagonistas de esos hermosos versos:

-Entre tus muslos de alabastro y rosas...
Bebí con afán en esa fuente
Hasta saciar la sed de mis sentidos
Riega mi flor amante jardinero
-me dijiste con voz entrecortada-
que por falta de tu riego yo me muero.
Y caíste en mis brazos desmayada
Obediente a tu voz dulce y querida,
formó   mi cuerpo con el tuyo un nexo
y la savia fecunda de mi vida
regó la flor de tu divino sexo.

-Hiliaron Cabrizas

Amanecieron juntos por primera vez, pero no sería la única. De ahí en adelante, harían lo imposible por estar juntos siempre

Se levantaron esa mañana temprano y los dos de pie frente a frente, se entrelazaron, con un abrazo tierno. Nimov comenzaba a poner en práctica los conocimientos adquiridos.

Ella sintió de tal manera ese abrazo, experimentó algo tan especial con esa acción, que expresó:

- He sentido una fuerza magnética y una expresión de amor que jamás había recibido. Sólo quiero que cuando vivamos juntos, amanezcamos felices, alegres y nos demos este abrazo...

Habló Angelina en un tono tan suave y tan lleno de amor, que Nimov se llenó de felicidad y alegría

Se encaminaron al hotel donde se encontraba la mamá de la joven, allí unirse los tres para dirigirse al aeropuerto.

Se despidieron los dos de la señora, y como una madre siempre preocupada no se marchó sin antes de darle recomendaciones a su hija y a Nimov.

Después de la despedida de la buena y elegante mujer, él recordó que debía llamar a Luciano para preguntarle respetuosamente, si Angelina podía permanecer en el proyecto y desde allí dirigir su negocio de cosméticos y otros productos.

Cuando se lo comunicó a Luciano se carcajeó de y dijo:

-Las puertas de este proyecto están abiertas para ella además me pides eso y en realidad en este nuevo lugar yo sólo soy un socio tuyo. Así que ella a quien tiene que pedir permiso es a ti-. Algo más expresó:

-¡Tú como siempre tan disciplinado y tan modesto!

-Por lo tanto, para ya dejar esto con una idea más formalizada, yo sugiero que ella pudiera utilizar una parte del despacho de mi esposa ,la cual estoy seguro que se pondrá muy contenta por algo que venga de tu parte. Continuó:

-Angelina puede usar, todo lo que hay aquí, las computadoras, faxes, o sea cualquier equipo que necesite.

Esas palabras de Luciano lo conmovieron y cuando se lo dijo a Angelina, ella también se emocionó porque Nimov le contó palabra por palabra, por lo que ella expresó:

-Ahora entiendo con más precisión por qué tu quieres y estimas tanto a ese matrimonio.

Tenían que continuar con sus planes, de ir a Milán, para el asunto de la compra de la casa, por lo tanto hicieron los preparativos para viajar de inmediato a esa ciudad.

En los momentos que se concluyó con la compra, Angelina estaba presente, en cierta ocasión Nimov la observó y notó que ella se sonreía por eso cuando ya estuvieron a solas le preguntó:

-¿Por qué te sonreías, cuando yo recibí las llaves?

-¿Me permites responderte otro día?

-Sí, por supuesto- .Afirmó con la cabeza, y quedó pensativo:

-¿Qué otra sorpresa me tendrá?- .No insistió y cambiaron de tema de conversación.

Él recordaba algo de esa ciudad, había vivido allí hasta los doce años, quiso llevarla a conocer varios lugares de interés antes de regresar al proyecto.

Allí estuvieron por tres días más, disfrutando juntos todos los momentos de satisfacción y llenos de felicidad, porque la vida les había proporcionado muestras de afectos, comprensión y alegrías. Por eso estaban unidos

en un manto de amor, donde la tarde desenfrenadamente se desahogaba .

De Regreso al Proyecto

Nimov volvió a sus labores y de inmediato presentó a la bella Angelina a Luciano y a su esposa, que estaban allí, ya que ambos iban a este nuevo proyecto muy a menudo para cooperar con Nimov en todo lo necesario e inclusive la esposa de Luciano tenía ahí un despacho para ayudar en la parte administrativa al joven arquitecto. Ellos notaron la alegría que tenían ambos, la nueva pareja y la felicidad que irradiaban entre ellos.

La esposa de Luciano continuó presentando a Angelina a todos los restantes y después fueron las dos al despacho, para mostrarle los equipos y darle algunas instrucciones al respecto.

La obra comenzó a impulsarse aceleradamente. Nimov con más entusiasmo cada día y con más esfuerzo, tenía tan cerca a Angelina le daba aún una mayor alegría más felicidad felicidad, aunque ella tenía que ausentarse, por varios días.

El señor Luciano le daba un apoyo incondicional y extraordinario a la vez, y comenzó a brindarle más ayuda cuando terminó con su obra, del proyecto anterior. Fue entonces cuando envió a todos los obreros, empleados administrativos y ejecutivos que él tenía en su nuevo proyecto y los puso a disposición de Nimov.

Solamente unos meses más tarde ya la obra estaba causando sensación, muchos la admiraban.

Estas construcciones de bellas casas residenciales, llamaban la atención de todos. Incluso venían personas de otras partes del país para contemplar esta ingeniosa, novedosa y arquitectónica obra.

El diseño de las casas impactaba por su estilo, pero eso no era precisamente lo que maravillaba a todos, sino la forma de ubicación de las mismas, ya que se habían construido de tal manera que todas tenían vista al mar, formando dos herraduras juntas y las curvaturas de cada una daban hacia el agua y las partes abiertas hacia el lado opuesto.

Esta forma de construcción permitió que se pudieran hacer áreas de recreación donde estaban los espacios creados por las aberturas en forma de U. En el mismo centro de esa unión, a unos cien pies de separación, se fabricó un local de dos plantas para recepciones.

En la parte inferior de dicho lugar había un salón amplísimo con una puerta en el centro de ocho pies de ancho y diez de altura. En un costado estaba la escalera, y la parte superior de ese salón era todo un ventanal de cristales, lo que permitía una vista espectacular al anochecer.

Todo este esfuerzo que realizó Nimov, junto con el amor y entusiasmo que le puso a su labor, era porque había trabajado disciplinadamente en dos formas: mental, a través de sus meditaciones visualizando su progreso económico; y física, empleando sus energías en actividades diarias con puntualidad y dedicación.

Lo mismo continuaba haciendo con su salud, se visualizaba y energizaba su cuerpo por dentro y por fuera, seleccionando los alimentos adecuados y los ejercicios corporales establecidos.

Su crecimiento interno lo guiaba para ayudar a los demás y respetarlos, evitando imponer sus ideas o tratar de competir con otro ser humano.

Ahora estaba próximo a unirse en matrimonio con su verdadera y soñada pareja. En este punto también unía lo espiritual con lo físico. Primero visualizó a su mujer, ahora la amaría, la protegería y seguiría cumpliendo con todas la instrucciones que se le habían revelado.

Nimov unió lo físico y lo espiritual para que todo funcionara en armonía perfecta con las leyes del Universo, en otras palabras: La Cabeza en el Cielo, Los Pies en la Tierra.

Finalmente, junto con la terminación de la construcción de las bellísimas residencias, llegó lo ansiado por Nimov y Angelina, la añorada boda. La celebración de este acontecimiento se llevó a cabo en aquel extraordinario local que se había edificado en el proyecto.

En la parte de abajo se efectuó la ceremonia, arriba el brindis y la cena, lo que permitió a los invitados disfrutar de la maravillosa vista del atardecer que comenzaba a deslumbrar por parte la naturaleza. Más tarde, cuando la noche comenzaba a presentirse, se observaban los destellos de las luces en el mar, producido por el movimiento de las embarcaciones que navegaban con rumbos establecidos.

De la manera en que estaban acomodados los concurrentes, permitió que todos pudieran apreciar la belleza de estos dos sucesos, la caída de la cuarta dimensión de la tarde y el comienzo del quinto semblante de la noche.

En un extremo del salón estaban sentados en la misma mesa varios conocidos, uno de ellos era Donato, a quien le había ido muy bien con los negocios, y ya planeaba abrir una sucursal. Lo acompañaba su esposa, una española bellísima y ambos se veían muy contentos.

Flavio, en esa misma mesa, era otro que también se veía feliz, porque estaba junto a una hermosa dama con la que tenía planes de boda, y afortunadamente parecía que comenzaba a reconstruir su vida. A su lado estaba el dueño del restaurante donde Nimov trabajó, que también vino acompañado de su esposa y su hija de unos veinte años de edad.

En otra mesa estaban Luciano y su esposa, los padres de Nimov y los de Angelina. Las mesas restantes habían sido ocupadas por empleados del proyecto y amistades muy allegadas.

Antes de terminar el festejo, casi todos los invitados fueron diciendo unas palabras de elogios a los recién casados a través del micrófono. Uno por uno fueron expresando frases de alegría y deseos de felicidad para los que se habían contraído nupcias esa tarde.

También hablaron los padres de la novia y los del novio. Por último, habló Flavio y dijo:

- Me siento muy contento de ver que esta pareja se haya encontrado. La felicidad de ella se desborda, se puede apreciar si se observa la luz de su mirada. Y, a mi primo Nimov le digo que ya Angelina es parte de su vida.

Después habló Angelina, y dijo que era la mujer más feliz del mundo, y supo que él era el gran amor de su vida desde el momento que la miró por primera vez.

Por último dijo Nimov, palabras emotivas y con gran profundidad:

- Flavio dijo que Angelina ya era parte de mi vida. Yo digo que ella es muchísimo, pero muchísimo más que eso:

¡Angelina es mi vida!

Epílogo

Disfrutaban los dos de la parte posterior de la inmensa y elegante casa, ambos acostados en sendas sillas de extensión, en trajes de baño, aprovechando el maravilloso día soleado que invitaba a estar en el exterior e incitaba a entrar en la bien diseñada piscina lujosa.

Se levantó Angelina, dejó un libro cerrado y lo colocó encima de su silla, caminó lentamente con ese movimiento cadencioso y armonioso que la caracterizaba. El la seguía con su mirada, recorriendo su cuerpo en todas sus dimensiones . Se sentía atraído por su belleza, su forma de ser y porque estaba cada vez más unido a ella.

La bella mujer llegó a una mesa que estaba colocada cerca de ellos, y tomó una hoja de papel sin rayas, que estaba colocada encima del mueble.

Se acercó nuevamente a la silla. Esta vez no se acostó, sólo tomó el libro que había dejado allí anteriormente, lo abrió y sacó una foto que se encontraba dentro de una de las páginas.

- Esta fotografía que ves la tomé cuando esta casa estaba en venta. Y ese hombre que se ve retratado en la parte izquierda de la casa que la cámara captó de medio lado, eres tú. Yo aún no te conocía. Ese día estabas allí y yo también pensé en comprar esa casa. Y continuó:

-¿Ves este pedazo de papel?

- Sí – contestó él.

Prosiguió ella señalando:

- Los cuatro puntos cardinales y ese dibujo que representa a una mujer caminando, da a entender que yo voy recorriendo esos puntos de norte a sur y de este a oeste y el hombre que observas era el que yo estaba esperando, o tal vez fueras, tú.

El quedó maravillado. Fue adentro de la casa y trajo una foto y un dibujo. Al llegar al lado de ella le preguntó:

- ¿Ves esta hoja de papel?

- Si – contestó ella con una voz muy suave y transparente.

No podía creerlo, eran unas líneas que formaban los cuatro puntos cardinales, además había dibujado un hombre y una mujer que caminaba en la misma dirección, o sea, en la misma línea, como dando a entender que ambos coincidian o se encontraban en un punto.

Después le mostró una foto y le dijo:

- Esta fotografía la tomé cuando fui a comenzar con la negociación de la compra de la casa y la mujer que ves aquí en esta foto eres tú.

Ella sin salir de su asombro, sonriendo, se abrazó a él…

Entonces él recordó aquellas palabras: *Nimov, en alguna parte del mundo hay una mujer que está haciendo lo mismo que tú y está tratando de encontrar a alguien con tus características, alguien como tú…*

Glosario

Aparcar: Situar en un lugar automóviles u otros vehículos.

Florencia: En Italia, Firenze: Capital de la Toscana y capital de provincia a orillas del Arno. Desde el siglo XIII fue una de las ciudades más activas de Italia.

Fontana di Trevi: Fuente situada en Roma, donde la mayoría de los turistas que la visitan lanzan monedas dentro de ella pidiendo algún deseo.

Fontanero: Operario que se encarga de instalar y reparar el sistema de conducción de agua.

Modena: Ciudad de Italia donde hay muchas fábricas e industrias automovilísticas, entre ellas están las de Ferrari y Masserati.